祭りと信仰の怖い話

月の砂漠

目次

※本書に登場する人物名は、様々な事情を考慮して全て仮名にしてあります。

※本書は体験者および関係者から実際に採話した内容をもとに書き綴られた怪談集です。体験者の記憶と主観のもとに再現されたものであり、掲載するすべてを事実と認定するものではございません。あらかじめご了承ください。

※作中に登場する体験者の記憶と体験当時の世相を鑑み、極力当時の様相を再現するよう心がけています。今日の見地においては若干耳慣れない言葉・表記が記載される場合がございますが、これらは差別・侮蔑を助長する意図に基づくものではございません。

祭りと信仰の怖い話

8

警告（新潟県西頸城《にしくびき》郡某地区／山岳信仰に基づく入山禁忌日）

日本では古来より地域を問わず、山の神への信仰が存在している。

言うまでもなく、山は人間に自然の恵みを多くもたらしてくれる場所だ。その一方で、異界へも通じる厳かな場所だ。そうした山に対して尊崇と畏怖の念を抱くことは、古代の人々にとってはある意味、当然のことだったのかも知れない。

山岳信仰にはほぼ必ず、何らかの禁忌が含まれている。その代表的なものは「入山してはならない日」だ。

長野県の南佐久《みなみさく》郡のとある地域では、大晦日《おおみそか》に山へ入ると「ミソカヨー、ミソカヨー」と何者かに呼ばれ、振り向くと固まって動けなくなってしまうと言い伝えられている。

また、岡山県のとある山村には、旧暦正月九日の午前中に入山すると、神が木の本数を数えている現場に遭遇して自分も木にされてしまう、という民話が残されている。

こうした禁忌を犯さないよう注意する意識は、現代でも根強くある。

例えば、鳥取県八頭《やず》郡の林業組合では、旧暦十月九日の禁忌日は休業日になっており、この日に組合員総出の安全研修会を開いているそうだ。

山の神に対する信仰は、古代から現代まで脈々と受け継がれているのだ。


「俺が生まれ育った町でも、あったよ。山に入っちゃいけない日が」

煙草を吹かしながら、田宮さんという五十代の男性が言う。田宮さんの故郷は、新潟県西頸城郡の某地区だ。

「旧暦の二月九日。その日に山へ入ると、頭から木が生えてきて、死んじゃうんだよ」

何百年も前から地域で語り継がれている話なのだそうだ。

「うちのじいさんは林業だから、頑なにこの規則を守っていた。でも、俺は悪ガキでさ」

ある時、小学生だった田宮さんは、禁忌日にこっそり山へ入った。

使い捨てカメラを懐に忍ばせ、山の神様がいたら撮影するつもりだったという。

だが、鼻歌を唄いながら十五分ほど登ってみても、おかしなことは何も起きない。神様も幽霊も妖怪もどこにもいなかった。

三月初旬の新潟の山風は冷たく、すっかり体が冷えてしまった田宮さんは、早くもこの探検への情熱を失いかけていた。

そこに、短い丸太橋が見えてきた。橋の下は三メートルほどの崖になっていて、小川がチロチロと流れている。

「橋を渡った先に、目立つ大木があって。そこまで行ったらもう引き返そうと思って」

その橋を真ん中あたりまで渡った時だった。

トシユキ、トシユキ!

突然、名前を呼ぶ声が聞こえた気がして、振り向いた。

しかし、そこには誰もいない。

田宮さんは再び歩き出した。すると、またすぐに、先程よりも明瞭な声で、

トシユキ、トシユキ!

今度は橋の下から聞こえてきた。

田宮さんは恐る恐る、欄干から下を覗いた。

そこには、一羽のカラスがいた。真っ黒で、大きなカラスだ。

カラスは小川の水辺からじっと田宮さんを見つめていた。

次の瞬間、そのカラスがはっきりと口を開いた。


トシユキ、トシユキ！


田宮さんは怖くなり、あわててその場から走って逃げ出した。

しかし、逃げながら、これは何かおかしいぞ、とも考え続けていた。

「だってさ、俺の名前、トシユキじゃなくて、トシアキなんだよ」

下山し、どうにか家まで帰り着いた。

汗びっしょりで戻ってきた田宮さんを見て、祖父は訝《いぶか》しんだ。

「じいさん、心配そうな顔で『おまえ、まさか山に入ったんじゃないだろうな？』って、俺に言ったんだよ。でも。言えなかったな。あのカラスのことも、話せなかった」

その翌日、田宮さんの祖父は亡くなった。

いつもどおりに仕事で山へ入り、その帰り道、滑落《かつらく》したのだ。

祖父にしてみれば、何十年と通い慣れた道だった。雨が降っていたわけでもない。祖父を発見した地元の消防隊員は、どうしてこんな所でと不思議がっていたそうだ。

「丸太橋の崖下に倒れていたんだよ。ちょうど、俺がカラスを見たあたり」

祖父の遺体の頭部には、太い木の枝が突き刺さっていた。

「転落した勢いで、刺さっちゃったんだろうけどな。まるで、頭から木が生えたみたいに見えてな。あの言い伝えみたいだって、周囲で噂になって……」

田宮さんは大人になったいまでも、後悔している。

「あの時、じいさんに正直に話していれば良かったたって。もしかしたら、あのカラスはじいさんが危険だって警告してくれていたのかも……」

トシユキは、祖父の名前なのだという。

いかだ船

（東京都三宅島《みやけじま》／猿田彦《さるたひこ》信仰から派生した海難法師《かいなんほうし》伝説）

東京の三宅島には、数百年もの昔から、海難法師と呼ばれる怨霊の話が伝わる。

江戸時代、この地域にひどい悪政を敷く代官がいた。それに耐えかねた一部の若い島民たちが結託し、ある嵐の晩、船の事故に見せかけて代官を海で溺死させた。

それ以来、この事件のあった一月二十四日になるたびに、海難法師と化した悪代官が海から這い上がって島を徘徊し、姿を見た者を祟り殺してしまう……という話だ。

この話は伊豆七島すべてに共通して伝わっているが、島ごとに少しずつ中身が違う。

例えば大島では、怨霊になったのは殺された代官ではなく、殺した若者たちの方だ。

彼らが代官を謀殺したことを知った他の島民たちは、連座して罪を被ることを恐れ、海から帰ってきた若者たちの上陸を拒《こば》んだ。結果、彼らは嵐の中で海の藻屑《もくず》と消えた。

以来、この悲劇が起きた一月二十四日を「日忌様《ひいみさま》」と呼び、その日は神棚に二十五個の餅を供え、決して海を見ないようにするのだそうだ。餅の数は、溺死した若者たちと同じ数だと言われている。

あるいは、神津島《こうづしま》でも一月二十四日と二十五日に同様の風習が残るが、こちらは海からやってくるのは海難法師ではなく、猿田彦神という神様だ。

年に一度、猿田彦神は海から上陸し、島に安寧《あんねい》と豊穣《ほうじょう》をもたらすとされている。それを出迎えるための神事がこの日に行われるのだ。ただ、猿田彦神は人に顔を見られることを極度に恥ずかしがるから、海の方を見ないようにするというルールができた。

このルールを徹底するために、海難法師の伝説が利用されて広められたのでは、という説もあるようだが、真相は不明である。

「ぼくの故郷の島でも、一月二十四日は物忌みの日になっていましたね」

そう話すのは、三宅島で生まれ、十八歳まで過ごしたという大学生のHさんだ。

「ぼくが高校生の時はもう令和に入っていましたが、島の大人たちは当たり前のように、物忌みの日の儀式をしていましたね」

その日は、島内の多くの施設や商店が閉店時間を繰り上げてしまうという。

各家庭では、トベラという匂いの強い葉を戸に刺したり、神棚に酒や油揚げを供えたりもする。言うまでもなく、海難法師が家に入ってくるのを防ぐための魔除けだ。そうして夜が明けるまで外出せず、家にこもって過ごすのだ。

三宅島には海難法師にまつわる恐ろしい歌まである。

『皿出せ、土器出せ、それがなきゃ人間の子ども出せ』

海難法師が子どもを海へさらって行ってしまうという話だ。だから、子どもがいる家庭では、家の周りに結界を張り巡らせるように、皿を並べておくのだそうだ。

一方で、そういう儀式を古臭いと嫌がる人もいた。Hさんもその一人だった。

「幽霊だか神様だか知らないけど、非科学的な話で馬鹿らしくて」

物忌みの日は、夕方前に島内はすっかり静まりかえってしまう。その辛気臭さが昔から嫌いだったとHさんは言う。

「だから、あの年の物忌みの日。ぼくは夜中、わざと外に出たんですよ」

Hさんは高校一年生の時、家族が寝静まった後、そっと夜中に家を抜け出した。

家の周りには皿がグルリと並べられていた。Hさんはその一つに唾を吐いた。

自転車を走らせ海岸へ行く。あたりを見回したが、海難法師など、どこにもいない。不気味に光る旗を掲げて船がやってくるという話だったが、そんな船の姿はない。

「スマホのカメラで、海には何もいなかったという証拠写真を何枚も撮りました」

次第に、真冬の寒風が身にこたえて来た。Hさんは家に帰ることにした。

ところが、砂浜を歩いていたら、急に後ろから足を引っ張られた感覚がして、前のめりに転んでしまった。

「見たら、足元に海藻が絡まっていたんです」

冬のこの時期に海藻が浜へ打ち上げられるのは、島ではよくあることだった。

Hさんは足に絡まった海藻を無造作に手で掴み取った。

だが、今度はそれが手に絡まってしまい、振り払ってもなかなか取れない。暗いせいもあって、手元もよく見えなかった。

仕方なく、スマホのライト機能で手元を照らした。

「そうしたら、海藻じゃなくて、人間の髪の毛だったんです」

濡れた長い黒髪が、ぐしゃぐしゃと指に絡みついていた。

Hさんは声にならない悲鳴を上げ、必死でその髪を手から引き剥がした。

その時、海の向こうで小さな明かりが見えた。松明《たいまつ》のように揺れる赤い火だ。

目を凝らすと、オンボロのいかだ船がゆっくりとこちらに向かって来ている。

Hさんは直感的に、これはおかしいと感じた。

「夜明けの出漁には早すぎるし、夜釣りの観光客にしては遅すぎるんです」

Hさんは海から遠ざかろうと全速力で走った。走りながら海の方を振り返り、いかだ船の姿をもう一度確認しようとした。

「そうしたら……、いかだ船が目の前にあったんです」

その途端、足元の冷たさにハッとなった。下を見ると、膝まで海水に浸かっていた。

「ぼく、なぜか、海に向かって走っていたんですよね」

いかだ船から、髪の長い誰かが、ゆらゆらと降りてきた。

「見ちゃいけない、見ちゃダメだって、脳が命じて……」

ギュッと目をつぶったところで、Hさんの意識は途絶えた。

目が覚めると、自宅のベッドの中だったという。太陽がすでに昇っていた。

「なんだ、夢かとホッとして。何という悪夢を見てしまったんだとあきれて」

だが、Hさんはベッドのシーツがぐっしょりと濡れていることに気が付いた。まさか、この年になっておねしょかと焦ったが、小便の臭いはしない。

「磯の香りがしました。間違いなく、海水でした」

混乱した頭のまま食卓へ降りると、祖父が何かを両手に持って大騒ぎしていた。

それを見て、Hさんは顔面蒼白になった。

「家の外に出していた皿が……、全部、割れていたんです」

祖父は、海難法師が来よった、危うく孫を連れて行かれるところじゃった、と興奮気味にまくしたてていたという。

「古い言い伝えって、あながち馬鹿に出来ないですよね。もしかしたらぼくは、あの皿のお陰で、海難法師にさらわれずに済んだのかも知れないんですから」

Hさんはゴクリと唾を飲み込みながら、そう語った。

その後、島を離れ、都心に住むようになったいまでも、一月二十四日の夜は外出せず、家でおとなしく過ごしているのだそうだ。

見てはいけない（島根県隠岐《おき》郡《ぐん》西ノ島町《にしのまちちょう》／でやんな祭り）

日本には「絶対に見てはいけない」という祭りがいくつか存在する。隠岐諸島の西ノ島に伝わる「でやんな祭り」もその一つだ。

見てはいけない祭りだから情報は極めて少ない。そのため、都市伝説系のウェブサイトで面白おかしく取り上げられたり、架空の祭りだと疑われたりもしている。

だが、地元の観光協会は、行政の調査やマスメディアの取材を限定的ではあるが受けており、いまでも祭祀が続いていることはまぎれもない事実である。

「まぁ、仕方ないわね。誰にも見せちゃいけない祭りの宿命ってやつだわ」

今回、このでやんな祭りの話を詳しく聞かせてくれたのは、四十年ほど前まで西ノ島に住んでいたという男性だ。ここでは名前をユウジさんとしておく。

ユウジさんは、手にした杖でコツコツとリズミカルにカフェの床を打ち鳴らしながら、コーヒーカップを口に運ぶ。

「西ノ島の中でも、ごく狭い地区内での神事だからね。島民でも、聞いたことがない人はたくさんいると思うよ」

ユウジさんによれば、でやんな祭りは元々、一個人の信仰から始まったものだそうだ。集落の庄屋が一族の氏神様として祀っていた祠《ほこら》を、いつしか集落の住民全員でお参りするようになって、祭事へと発展したらしい。伝える資料がほとんど残っていないから真実かどうかはわからないがね、とユウジさんは付け加えて苦笑いする。

でやんな祭りの祭祀自体はごくシンプルだ。地元の神社の神主が従者を伴い、海沿いへ抜ける道に建つ氏神様の祠へ向かう。そこへお神酒を奉納し、住民たちの安寧を願う祝詞《のりと》を捧げるというものだ。このこと自体は住民にもよく知られている。

しかし、なぜ見てはいけないのか、その理由を伝える文献は残っていない。

「見たらね、目がつぶれるの。昔から、その言い伝えだけがあってね」

祠での祭祀自体は当然のこと、神主と従者がそこへ向かうまでの姿も、見てはいけないことになっているそうだ。

でやんな祭りの日は、秋も深まってきた季節だ。この日の夕方になると、地区内の各所に設置された防災連絡用のスピーカーから、

『でやんなよ〜、でやんなよ〜、でやんなよ』

というアナウンスが流れてくる。

放送を聞いた住民は、家にこもり、カーテンも閉め、外出を控えるのだという。この日の独特の雰囲気に恐怖を覚えて、泣き出してしまう子どももいるそうだ。

「でも、私は好奇心が勝っていたね。そんなに見るなと言うなら、逆に見てみたいと」

しかし、両親はユウジ少年の希望を聞き入れなかった。外に出ることはもちろん許してもらえず、窓からこっそり外を覗こうとしたら、普段はめったに怒らない母親が、ユウジさんの頭を叩いて強く叱った。

「だから、いつか見てやるぞと心に誓って。そうしたら、あの年……」

ユウジさんに千載一遇の好機が訪れた。

その年のでやんな祭りの日、父親は仕事の都合で不在だった。本土へ泊まり掛けで出張していたのだ。おまけに、母親は前日から風邪を引いており、ユウジさんに簡単な夕食を

用意し、家中のカーテンを閉めた後は、早々に布団に入ってしまった。

「あの時は興奮したわね。ついに祭りをこの目で見られるぞと。幽霊が出るのか、妖怪が出るのか、何でもござれという気分だったわね」


『でやんなよ～、でやんなよ～、でやんなよ』


あの声が聞こえてきた。

時計を見ると、午後七時になろうとしていた。神主が間もなく祠へと出掛ける時間だ。ユウジさんは部屋の電気を消した。

「電気を付けっぱなしだと、窓から覗いた時、向こうからも見えてしまうからね」

窓際でしばらく待機していると、車の走る音が聞こえてきた。

ユウジさんは、これだと確信した。祠までは歩いて行くには少々遠い。車を使っているに違いないと前から想像していたのだ。

車の音が次第に近付いてくる。

ユウジさんはカーテンを少しだけ開け、隙間から外を覗いた。

「煌々《こうこう》と明るい提灯《ちょうちん》を持った神主が、車の後部座席に座っておったね。榊《さかき》を口にくわえていたかな。でも、それだけ。ただ、移動していただけ」

　車が走り去った後、さらにもう少しカーテンを開け、周囲を見回してみた。

　しかし、普段と変わらない田舎の住宅地の景色があるだけだった。幽霊も妖怪の類も、どこにもいない。

「正直、拍子抜けしてね。よし、こうなったら、神主の跡をつけて、祠での祭祀も覗き見してやるぞ、なんて思ったんだけどね……」

　その時、ユウジさんはふと、小さな異常に気付いた。

「明るいのね、外が。夜の七時にしては、ずいぶんと明るい。もちろん、田舎だって街灯くらいはあるんだけど、それにしたって、やけに明るい」

　ユウジさんは音を立てないように窓を開け、そこから首を伸ばし、何げなく視線を上空に向けた。そして、目を疑った。

「月がね、大きかったの。満月が、信じられないくらい」

　夜空に、通常の十倍近いサイズの満月が浮かんでいたという。

　ユウジさんは、その巨大な満月から目が離せなかった。その煌々とした月明かりを呆然と浴び続けているうちに、徐々に目の前が真っ白になってきた。

気が付いた時は、母親の隣の布団の中におり、すでに朝になっていたそうだ。


「それから十三年後だね、私の目がつぶれたのは」

ユウジさんは、黒いサングラスを中指で押し上げながら、低い声で言う。

「バイク事故。目が両方とも、グシャッとね」

縁石の角に顔面をぶつけ、そのせいで、両目の視力を失ったのだという。

「その時は、もうとっくに島を出て、広島で働いてたのね。だから、これは単なる不幸な事故で、祟りとか呪いとかじゃないと思うよ。だって十三年も経ってからだもの」

再び、杖でコツコツと床を叩きながら、ユウジさんは愉快そうに笑った。

現在は広島市内のマッサージ店に勤めているそうで、両親の死後、西ノ島に里帰りしたことは一度もないそうだ。

川の中から（鹿児島県南さつま市／ヨッカブイ祭り）

鹿児島県南さつま市に、ヨッカブイ祭りと呼ばれる奇祭がある。

その起源は江戸時代にまでさかのぼる。もともとは地元の漁師たちが海での安全と豊漁をシッチドン（水神）に祈願して「ガラッパ踊り」を踊ったのが始まりだった。

ガラッパ踊りの「ガラッパ」は河童《かっぱ》と同義で、その奇抜な動きを模した踊りだ。踊りの中に出てくる大きなジャンプは、漁師が網を引き揚げる仕草でもあるという。

それが時代と共に変化し、子どもたちを水難から守るための行事となって「ヨッカブイ祭り」という名前も付いた。

この祭りの主役は、ヨッカブイという妖怪だ。語源は「夜着被り」で、夜着とは浴衣に似た寝間着のことを言う。

ヨッカブイは、夜着を着崩してまとい、シュロという木の繊維から作られた茶色い頭巾を被って、何も履かずに裸足でヨタヨタと町中を歩き回る。時折、ヒュルヒュルヒュル、ヒュルヒュルヒュルという奇声を発し、子どもの姿を見つけると、手に抱えていた麻袋の中にその子を放り込んでしまうのだ。

子どもたちは恐怖で泣いてしまうが、こうしてヨッカブイにさらわれた子どもは水難に遭わないと信じられている。

ヨッカブイを演じるのは地元の大人たちだ。彼らは「ニセ」と呼ばれる。祭りの当日、保育園や神社などを目指して、ヨッカブイたちが公民館から出陣していく様子を、近年はインターネット動画などでも視聴することができる。

「子どもの頃は、本気で怖かったですね。ええ、軽いトラウマだわ」

少しおちゃらけた口調でそう言うのは、南さつま市出身のノブアキさんという男性だ。毎年、両親や祖母に連れられて、ヨッカブイ祭りを見物していたという。

「ヨッカブイが不気味で怖いから、俺は行きたくないんだけど、うちのばあさんが『縁起ものだから今年も行くぞ』って。俺、合計三回くらい、麻袋に入れられたんよ」

子どもが泣きわめいても周りの大人たちは止めず、やんやと囃《はや》したてるのだという。

「まぁ、小学校高学年になると、さすがに怖くはなくなったな。ニセの中には、ちょっと不注意な人もいてよ、夜着の袖から腕時計が見えてしまうてたりとかするんだよ」

あとで、それが友人のお父さんだとわかり、仲間内で大笑いしたそうだ。

ノブアキさんが子どもの頃はもう平成中期で、他県からの観光客も数多くいた。地元の老人が、マナーの悪い観光客に向かって「ヨッカブイ、そこの東京もんをさらっちまえ」などと野次を飛ばしたこともあったと、ノブアキさんは苦笑しながら回顧する。

「そんな感じでな、怖いけど、のどかなところもある祭りなんだよ。でも……ご利益は、本当にあると思うんだよな」


ある年のことだ。ノブアキさんは例年通りヨッカブイ祭りに参加し、泣きながら麻袋に入れられ、祭りの終盤には神社の境内で子ども相撲も取った。言ってみれば、この祭りをフルコースで堪能したわけだ。

その翌日。ノブアキさんは小学校の友人たちと、近所の河原で遊んでいた。

「浅い川で、そこでしょっちゅう川遊びはしてたがよ。泳いだり、魚探したり」

夕暮れになって、そろそろ帰ろうという流れになった。だが、その時になってノブアキさんは、半ズボンのポケットに入れてあった小銭入れがないことに気が付いた。

「水着に着替えたりしている時に、川に落としてしもたかなと思って」

友人たちに「先に帰っててよかよ」と告げ、一人、服を着たまま靴だけ脱いで、川底を覗いて歩いた。しかし、小銭入れはなかなか見つからない。

「誕生日にもらったお気に入りやったもんで、失くしたくないわと思いながら、うっかり川の中州《なかす》の方まで行った時に……」

突然、強い力で足首を掴まれた。

ハッと川底を見ると、ノブアキさんの右足首を、緑色の手が握っていた。

顔や胴体はなく、緑色の腕だけが川底からニョキッと伸びていた。

ノブアキさんは、その手のヌメヌメとした感触をいまでも忘れられないという。

「息が止まるほど驚いて。あわてて振り払おうとしたら……」

足を滑らせ、そのまま川の中にザブンと潜ってしまった。

すぐに体勢を立て直そうとしたが、緑色の手が足首から離れず、起き上がれない。

ノブアキさんはゴホゴボと大量に水を飲んだ。

「せいぜい膝下までの深さしかない川なんよ。でも、全然立てなくて、溺れてもうて」

激しくもがいていると、今度は、大きな裸足の足が見えた。緑色の手とは違う、また別の何者かだった。首を上に向けると、青い着物が目に入った。

「ヨッカブイだったんよ。ヨッカブイが、目の前に立ってたの」

シュロの頭巾で顔を覆ったヨッカブイは、その大足で緑色の手を踏み付けた。

水の中なのに、グゲゲという汚い悲鳴がノブアキさんの耳にはっきり聞こえた。

「それから、ヨッカブイが俺を抱き起こしてくれて」

ようやく顔が水面の上に出た。ノブアキさんは思いきり空気を吸い込み、咳込んだ。

たったいま、自分の身に何が起きていたのか、さっぱり理解できなかったが、助かったことだけはわかった。

「お礼を言おうと思ったら、ヨッカブイ、もうおらんくて」

あたりはシンと静まりかえっていたという。

狐につままれた気分のまま、ノブアキさんは帰宅した。

帰りが遅くなったことを母親にとがめられ、言い訳のように先程の出来事を説明した。

「そしたら、母親が『じゃどん、おまえ、ちっとも服が濡れとらんけどな』って」

母親の言うとおり、ノブアキさんの服は上下ともまったく濡れていなかった。夏場とは言え、あれだけずぶ濡れになったものが、この短時間で完全に乾くとは思えなかった。

さらに、何げなくズボンのポケットに触れると、小銭入れも入っていた。

「えっ、じゃあさっきのは何やったん？　って混乱したんやけど……」

足首を見ると、手で強く掴まれたような赤い跡が、くっきりと残っていたという。


「そのあと、何人かの友人にこのこと話したんだけど、誰からも信じてもらえんくてね。ただ、一人だけ、ヨッカブイの伝承に詳しいっちゅう学校の先生がおってね」

ヨッカブイは水神様だからな、川のばけものを退治してくれたんじゃろう。

そう言って、ノブアキさんに向かって手を合わせて拝んだそうだ。

「どっちにせよ、ヨッカブイには恩返しせないけんもんね。来年はいよいよ、俺がニセとしてヨッカブイをやる番かな」

ノブアキさんはそう言って、少年のようにケラケラと笑った。

左手首（茨城県小美玉《おみたま》市某所／河童信仰）

日本で最も有名な妖怪の一種に、河童がいる。河童という名称自体が文献に登場するのは室町時代以降だそうだが、それよりはるか以前、日本書紀の頃から、河童を連想させる存在は登場しているという。

河童の正体については、間引きされて川に流された幼児の遺体だという悲しい話から、陰陽師によって命を吹き込まれた藁人形だとするファンタジックな伝承まで、様々な説がある。そうした中でも特に多くの地域で語られているのが、水神様の化身だとする説だ。元は水害から人々を守る神であったものが、信仰の薄れなどによって零落し、かえって人に悪さをする妖怪になってしまった、とする複合説もある。

実際、日本には河童を神様として祀っている寺社が少なくない。

熊本県天草地方の志岐八幡宮《しきはちまんぐう》には河童の「手」が保管されており、その手で病人の頭をなでると病が癒えるという伝承が遺されている。また、静岡県伊豆地方にある栖足寺《せいそくじ》では河童に縁の深い「きゅうり」を用い、病気平癒の祈祷が行われているという。

河童もまた、日本人にとっては立派な「信仰」の対象なのだ。


「私ね、河童を見たことがあるんですよ、小学生の頃に。ええ」

やや得意げにそう言って、銀縁メガネを中指で押し上げるのは、森下さんという男性。本人の言葉を借りれば「ユーザーからの人気は高いが給料は安い」という都内の某ゲーム会社でシステムエンジニアとして働く二十代の男性だ。

「私、こう見えても、幼少期は意外とアウトドア派でしてね。近所の山や川で、暗くなるまで遊びまわっていたタイプでしたよ」

茨城県小美玉市の生まれだという森下さん。ある秋の日、クラスの友人たちと一緒に、近所の川べりで昆虫採集をしていたという。

「背の高い雑草の多い場所でしてね。子どもなら、姿が隠れてしまうくらいに」

その日の昆虫採集の成果はあまりはかばかしくなく、虫とり網を振り回すことに飽きた森下少年たち一行は、誰が言い出したわけでもなく、自然と鬼ごっこを始めた。

「何となく、私が鬼をやる流れになりましてね。別に嫌われていたわけじゃないですよ」

いつの間にか日は傾いており、夕陽と闇夜が半々くらいにあたりを包んでいた。

森下さんはアニメに出て来る凄腕の暗殺者のような心持ちで、雑草をかき分けながら、足音を立てずに歩いた。すると、すぐ目の前に、しゃがんでいる人影を見つけた。

「それが、S君だと思ったんですよ。小柄だったんで、体のサイズ的に。ええ」

見ぃつけたと、森下さんはわざと悪役じみた声を出して、その人影の背中を叩いた。

「ぬるっとしたんです。ええ。例えていうなら、カエルかナマコ」

気色悪い感触に、森下さんは反射的に手を引っ込めた。すると、人影がゆっくりと森下さんの方を振り向いた。

「S君でした。ええ。S君の顔をしていました」

だが、森下さんは強い違和感を覚えた。顔はたしかにS君なのだが、何かが違った。

「上手く言えないのですが、しいて言えば、目の奥の光、でしょうか」

〝S君〟は森下さんを見てニコッと笑うと、身を屈めて川の方へ走り出した。

「その時、私、はっきり見たんです。その〝S君〟には……」

左手首から先がなかったという。

「私、驚いて、すぐにみんなを呼びました。鬼ごっこ中止、一旦集合、と」

森下さんの緊迫感を含んだ大声を聞いて、友人たちが訝しげな表情であちこちから顔を覗かせる。その中に、S君もいた。

「私、脱兎のごとく、S君のもとに走り寄りましてね」

左手首を確認したが、ちゃんと付いていた。背中のぬめりもなかったという。

茨城県小美玉市には河童に関する伝説がいくつか残されており、河童を祀る神社も存在している。

森下さんは、あの日見た〝S君〟の正体は河童だったと確信しているという。

「それからですね。私がUMAや都市伝説に傾倒するようになったのは」

私の一生を決定づけた出来事ですと、森下さんは銀縁メガネを中指で持ち上げながら、うれしそうに早口でまくしたてた。

宇宙人のイタズラ（長野県長野市松代町《まつしろまち》／皆神山《みなかみやま》信仰）

長野県長野市松代町に皆神山という標高七百メートル弱の山がある。

他の山々と連なっていない独立山で、美しい円錐形をしているのが特徴だ。

そうした姿形もあってか、この皆神山は霊山として古代より信仰の対象になってきた。

江戸時代には信州北部の修験道の拠点にもなっていたそうだ。

とあるお殿様が皆神山の山頂で鷹狩りをしていたら、空から天狗が降りてきて「この山での殺生はまかりならん」と叱られたという民話も、地元には残っている。

「ですが、この山が有名なのはやはり、ピラミッドだということでしょうねぇ」

河童の目撃談に引きつづき、森下さんが語る。その後、学生時代は本人曰く「知名度は高いが偏差値は低い大学」のオカルト研究会に所属したのだそうだ。

森下さんの言うとおり、この皆神山には昭和の頃からそういう説があった。

この山は、高度な科学技術を有する古代人もしくは宇宙人によって作られたピラミッドである、とする説だ。

それに付随したオカルト話にも事欠かない。皆神山が発光するのを見たとか、山頂からＵＦＯが飛び立つのを見たとかいう目撃談は、ネット上にあふれている。

「事実、皆神山の地下に大きな楕円形の空洞があるというのは、これは噂などではなく、国の調査によってはっきりしているわけですからねぇ」

長髪をかき上げながら、森下さんはやや早口にそう話す。これもそのとおりで、太平洋戦争末期には、皆神山の地下空洞に軍司令部を移そうという計画まであったという。

「そんないわくつきの場所ですからねぇ、行かないわけにはいかなかったのですよ」

当時は大学三年生だったという森下さんの音頭で、某大オカルト研究会のメンバー六人は、冬休みを利用して東京から皆神山へと向かった。

「車二台に分乗して行ったんですがね。オカルト研唯一の女性メンバーである山田さんがどちらの車両に乗るかで、私と部長とでいささか口論になりましてねぇ」

森下さんは時折、話を大きく脱線させつつ、その旅の様子を詳しく語ってくれた。

朝早くに東京を出た一行は、上田市と長野市をつなぐ県道を走り、皆神山へ到着した。頂上までそのまま車で行くこともできたが、せっかくだからと、徒歩での登山を選んだ。寒い時期だったせいか、森下さんたち以外の登山客は誰もいなかった。

「舗装された道ではなく、わざと山道を進みました。それが若さというやつでして」

山の中腹まで登ると神社が見えてきた。岩戸《いわと》神社というそうだ。横穴式石室の中には鏡が祀られており、厳かな雰囲気を味わえたという。

「この横穴こそがピラミッド内部への入口だという説もあるんですが……我々が期待していたようなことは、ええ、ワープとかね、そういうのは何もありませんでしたねぇ」

古代人や宇宙人の痕跡を探すのがこの旅の目的だった。しかし、銀色の全身スーツを身にまとった人も、歩くタコのような生命体も、どこにもいなかったそうだ。

やがて、一行は山頂まで辿り着いた。六人で輪になって手をつなぎ、空を見上げながらUFOを呼んでみたが、こちらも何の反応も得られなかった。

「この時、誰が山田さんと手をつなぐかで、多少のいざこざがありましてねぇ」

森下さんはその時の様子を面白おかしく語ってくれたが、紙幅の都合で省略する。

「そんなわけで、楽しさ半分、拍子抜け半分のイベントだったわけですが、その帰り道、珍妙なことが起こりましてねぇ」

下山した森下さんたちは、再び三人ずつ二台の車に分乗し、来た道を引き返した。この時も、山田さんがどちらに乗るかで少しばかりの対立があったそうだ。

「帰り道は、私が運転当番になりました。ジャンケンで負けましてねぇ」

運転はあまり得意ではないという森下さん。県道といっても山間部の車線は細く、周囲もやや暗くなっていたことから、かなり緊張したという。

「ガードレールの向こうは崖ですからね、事故ったらお陀仏《だぶつ》ですよお陀仏」

ところが、そんな森下さんを不運が襲う。突如、カーナビに異常が発生したのだ。

「画像が、急に上下逆さまになったり、モザイクが掛かったりとバグりまして」

おまけに、ナビゲーションの音声まで狂いはじめた。

「その先、み、み、みぎ、みぎです、みぎです、です、です、です、なんて。まるでDJみたいになってしまいまして」

次の瞬間、森下さんの体から急にふわーっと力が抜けた。ブレーキとアクセルを踏む足にも、ハンドルを握る両手にも、力が上手く入らなくなってしまった。

「まるで宇宙遊泳をしている感覚でした。はい。宇宙遊泳、したことないですが」

道は一本道で、すぐ後ろには仲間の車が走っている。自分がわずかでも運転を誤れば、大事故になりかねない。森下さんの背筋を冷たいものが伝った。

「ですが、その時、後部座席の山田さんがね、優しい言葉を掛けてくれましてねぇ」

大丈夫ですよ先輩、落ち着いて下さい。私がちゃんとナビしますから。

山田さんは冷静なトーンでそう言って、森下さんを宥めてくれたという。

「いろいろと雑談を振ってくれましてね。先輩はジャイアンツファンですよねとか、先日の経済学のテストは楽勝でしたよとか、お陰でギリギリ冷静さを保てました、ええ」

頭も体もフワフワしたまま、どうにか休憩地点の道の駅までやって来た。安堵の溜息を吐きながら車を止めて外に出ると、脇の下が汗でビショビショだった。

すぐに、もう一台の車も駐車場で止まり、中から別グループの三人が降りてきた。

森下さんは、たったいま自分が体験した現象を報告しようと彼らに走り寄った。

「そうしましたらね、その車を運転していた後輩のN君が顔面蒼白だったんですよ」

森下さんがわけを尋ねると、N君は紫色の唇を震わせながら説明した。

「簡単に言いますと、私とまったく同じ現象がN君にも起きていたんですね」

N君たちの車でもカーナビの異常があり、N君もまた謎の脱力に見舞われていたのだ。

驚いた森下さんだったが、N君の次の台詞を聞き、さらに驚くことになった。

「N君が『山田さんが励ましてくれたお陰で乗り切れた』と言ったんですよ」

森下さんの頭の中はクエスチョンマークでいっぱいになった。山田さんなら自分の車に同乗し、自分と会話していたはずだ。

森下さんはN君が混乱しているのだろうと思い、優しい口調でそれを指摘した。だが、N君は首を横に振る。山田さんはぼくの車の助手席にいました、と主張を曲げない。

「それならと山田さんに聞きましたよ。それが一番手っ取り早いですからねぇ」

ところが、山田さんはポカーンとした顔で首を傾げた。どちらの車に乗っていたのか、まるで記憶がないというのだ。

「私、車中での会話を振り返りましたよ。ジャイアンツの話しましたよね、経済学の試験の話しましたよね、と」

山田さんは、確かにすべて覚えています、と答えた。

ところが、N君から「アニメの話ずっとしてたよね、学食のラーメンの話もしたよね」と問われると、山田さんは、それも全部はっきり覚えています、と回答した。

「私、もう頭がおかしくなりそうでして」

森下さんたちは、メンバー六人がそれぞれどちらの車に乗っていたのか、改めて整理をしようと試みた。

「でも、六人とも思い出せなかったんですよ。どちらの車に誰が乗っていたのか」

それどころか、森下さんは本当に自分が車を運転していたのかさえ、わからなくなってきてしまった。

「あの時のような状態を、世間では混乱、もしくは混沌と呼ぶのでしょうねぇ」

あれこそが宇宙人の仕掛けた壮大なイタズラ、あるいは神秘のピラミッドパワーだったのではないでしょうか、と森下さんは唾を飛ばしながら早口でまくしたてた。

その後の帰り道では、幸いにもオカルト研究会の一行におかしな現象は何も起こらず、無事に全員、東京まで辿り着けたという。

「もう一度、皆神山、いや、皆神ピラミッドへ行ってみたいですね。あそこには、何らかの謎があることは確実ですよ。ですが、いかんせん、私はもう学生ではなく、毎日仕事に追われる、しがないサラリーマンですからねぇ」

都内の某ゲーム会社でシステムエンジニアをしているという森下さんは、銀縁メガネを中指で持ち上げながら、残念そうに言う。

「ああ、山田さんですか？　卒業後は一度も会っていません。風の噂でN君と付き合っているという話を聞きましたが……。まぁ、それはくだらないデマだと思いますよ」

聞き取れないほどの早口で、森下さんはそう吐き捨てた。

空飛ぶ女子高生（東京都八王子市／高尾山の天狗《てんぐ》信仰）

高尾山は、国内では富士山に次いで年間登山者数が多い山だ。その数、約三百万人。都心からアクセスしやすく、標高が六百メートル足らずで登りやすく、四季折々の景色も美しいとなれば、登山者がそれだけ多いのもうなずける。山というより、気軽に行ける観光地として認識している人も少なくないだろう。

そんな高尾山は、もともとは霊山として崇められてきた地でもある。

江戸時代には全国から修験者が集い、滝行などの厳しい修行に臨んでいた。また、山頂付近に建つ薬王院が飯綱大権現《いづなだいごんげん》を奉祀していることから、飯綱大権現の眷族である天狗が住む山として、古くから信仰の対象にもなっている。

「私、高尾山で天狗にさらわれたよ」

弾ける笑顔でそう話すのは、ミカさんという都内に住む女子大生だ。

いまから数年前、ミカさんがまだ高校生だった頃、バイト先のファストフード店の先輩たちに誘われて高尾山へ行楽に出掛けた時のことだという。

「登山とか興味なかったけど、メンツの中にちょっと狙ってる先輩がいたから」

山登りは未経験だったが、高尾山くらいなら何とかなるだろうと考え、同行することにしたのだそうだ。

京王線の高尾山口駅で集合した一行は、ケーブルカーで頂上まで登るのは味気ないよねと話し合い、初心者向けの表参道コースを進んだ。バイト先の店長や厄介な常連客の悪口で盛り上がりながら歩いていると、すんなりと山頂へ到着した。桜や紅葉のシーズンではなかったが、山頂の休憩所は敬老会らしき一団から遠足の小学生まで、たくさんの人々でにぎわっていたという。

ミカさんはそんな群衆の中に、奇妙な格好の男性を見掛けた。

「蒸し暑い日だったのに、黒いコート着て、帽子を深く被ってさ」

なぜか気になってしまい、ついチラチラと横目で見ていた。

「そうしたら、その男の人が私の方をゆっくりと向いて」

帽子に隠れた顔がチラリと覗き、ミカさんは驚いた。

「鼻がめちゃくちゃデカくて、しかもペンキ塗ったみたいに鼻先が真っ赤で」

ミカさんは即、先輩たちに「天狗がいます！」と声を掛けた。

しかし、先輩たちが振り向いた時には、その奇妙な男性はすでに姿を消していた。

「みんなからは『派手な顔の外国人旅行者だったんじゃね？』って言われて。まぁ、それもそうかと私も納得して」

その場では、それ以上、話題にはならなかった。

やがて、山頂での昼食を終えたミカさんたちは下山することになった。登りのコースが楽すぎたので、帰りはもっと険しい道にしようという話になり、あまり人が来ないルートを選択した。

「けっこうなデコボコ道で、私、くたびれちゃって。お目当ての先輩に『足が痛くて限界なんです』って言ったらおんぶしてくれるかなぁとか、そんな馬鹿なこと考えてて」

ふぅと溜息を吐き、何げなく目の前の大木を見上げた時だった。

大きな黒い影がサッと、その木から隣の木へと飛び移るのが見えた。

「えっ、ムササビ？　モモンガ？　高尾山にそんなのいるんだって思って」

ミカさんはその影をもう一度確かめたくて、大木に近付いた。すると、頭の上にバサッと何かが落ちてきた。

「何だろうと思って手に取ったら、私の手よりもはるかに大きいヤツデの葉っぱで」

その途端、ミカさんは体がフワッと宙に浮いたという。

「浮いて、そのまま真横にスーッて動いたんです。私、絶対、空を飛んでました！」

例えるなら、クレーンゲームでアームに掴まれて運ばれているようだったとミカさんは説明する。そして数秒の後、ミカさんは五メートルほどの崖下へ落下していた。

「ビターンって、上空から叩き付けられるみたいに、顔から落ちて」

おーい、大丈夫かー、という先輩たちのあわてた声が聞こえてきた。ミカさんは痛みをこらえながら、ポシェットからコンパクトを取り出し顔の傷を確認した。

鼻がつぶれて、血で真っ赤に染まっていた。

「私、すっかりパニックになっちゃって。でも、先輩たちが何とか助けてくれて」

お目当ての先輩に背負われながら、どうにかこうにか下山することができた。

その間、背後からずっと誰かに見られているような気がしたという。

「あれ、絶対に天狗の仕業だと思うんですよ。私が山を舐めてたから、怒って、お仕置きされたんじゃないかって」

高尾山に行った時、ミカさんはミニスカートにハイヒールだった。

「だって、おしゃれな方がお目当ての先輩に気に入られるかなって思ったんだもん」

その後、ミカさんとその先輩とは交際に至り、そして三ヶ月で別れたそうだ。

年間の登山遭難者数を都道府県別に集計すると、東京都は意外にも、毎年上位にランクしている。

その遭難事故の大半は、高尾山でのものだという。

カメに連れられて（京都府与謝郡《よさぐん》伊根町《いねちょう》／浦島神社の浦島信仰）

「浦島太郎って神様なんですよ。知らない人に言うと、かなり驚かれますけど」

得意げにそう言うのは、都内で小学校教諭をしている佐藤さんという二十代の女性だ。

浦島太郎の伝承や伝説は、京都、長崎、宮崎、香川、横浜、北海道など、日本全国至るところに残されており、海がない長野県の木曽地方に伝わる話まである程だ。

そうした地域の中に、浦島太郎を祭神として祀っている神社がいくつかある。

代表的な存在が、丹後半島の伊根町にある浦島神社だ。

「丹後国風土記という古代の書物に、浦島太郎は初めて登場します」

大学の卒論はおとぎ話のルーツ研究だったという佐藤さんは、浦島太郎が丹後の出身であると主張し、浦島伝説の原型について解説してくれた。

ある日、浦島太郎こと浦島子《うらしまこ》が丹後国の海で釣りをしていたところ、魚ではなく、五色の亀を釣り上げる。その亀が乙姫《おとひめ》へと姿を変え、浦島子を伴って常世の国へ渡り、二人は夫婦となって幸せな時間を過ごす。三年後、浦島子が故郷に戻ってみると、実際は三百年が経過していた、というのが元々の伝承だという。

「常世の国から帰還した浦島子を尊い存在とし、彼を祭神として建てられたのが浦島神社です。つまり。浦島信仰の起点というわけですね」

神となった浦島太郎は、その逸話から、長寿や縁結びや豊漁にご利益があるとされた。しかし、浦島「伝説」が全国に広まったのに比べて、浦島「信仰」はそれほどの広がりを得られなかったそうだ。

「で、ここからが本題です。私は数年前、大学生だった頃、その浦島神社に行ってみたんですよ。彼氏との初めての二人旅でした」

佐藤さんと彼氏は、絶景で知られる天橋立を訪れた後、浦島神社にも立ち寄った。展示されていた絵巻物や玉手箱などを興味深く眺めたという。

その帰り道、二人は神社の近くにある海水浴場にも足を向けた。海の色は澄んだ青で、とても美しい浜辺だった。季節は寒さの残る三月で、二人の他に観光客はいなかった。

佐藤さんはそこで、一匹の亀を見つけた。

「ちょうど一抱えくらいある大きな亀です。水際を這っていました。浦島神社を参拝した直後に亀に出会えるなんて。すごくロマンチックな話だと思って」

嬉しくなって亀に近付いた。ところが、亀は意外なほど速く動いて逃げてしまった。

「待て待てーとか言って、彼氏をほったらかして、追い掛けました」

靴を履いたまま浅瀬に入る。だが、いくら追えども捕まえられない。

佐藤さんは海水が染み込んで靴下が濡れるのも構わず、さらに歩を進めた。だが、亀に手が触れそうになると、スルリと逃げられてしまう。それを何度か繰り返した。

「おかしいな、何か変だぞ、とは思いながらも、こっちも意地になっていて」

遠浅の海だったが、海水は徐々に深くなっていく。すでに膝下まで水に浸かっていた。

次の瞬間、佐藤さんは、強い力で彼氏に背後から抱き起こされた。

「何するの？　って言おうとしたら、急に、めちゃくちゃ息苦しくなって」

その時になって、佐藤さんは、自分が海の中にもぐっていたことに初めて気付いた。

「息継ぎもせずに、水底を這っていたんです。服はもちろんビショ濡れで」

亀はどこ？　と尋ねたが、亀なんてどこにいるんだと怒鳴り返されたという。

「危うく、幻の亀に常世の国に連れて行かれるところでしたよ。そうなったら、浦島太郎と違って戻って来られないでしょうからね」

後になって、調べてみたところ、その海水浴場には、大きな亀など、そもそも生息していなかったそうだ。

「えっ、私と彼氏のその後ですか？」

佐藤さんは少しはにかみながら、左手薬指の指輪をちらりと見せてくれた。

「浦島太郎と乙姫様のご利益ってことにしておいて下さいね。ふふふ」

近々、浦島神社にお礼参りに行くのだそうだ。

母はいつでも（神奈川県南足柄市《みなみあしがらし》／公時《きんとき》まつり）

浦島太郎と同様、おとぎ話の代表的な主人公である金太郎も、神様になっている。南足柄市にある金時山。その山のふもとに鎮座する公時神社が、金太郎こと坂田公時を祭神として祀っているのだ。

金太郎の故郷と言えば童謡にも歌われている足柄山が有名だが、この足柄山は実際には「足柄山地」であり、近隣の山々や峠の総称のことだ。その最高峰であり、日本三百名山の一つにも選ばれているのが金時山だ。かつては猪鼻岳とも呼ばれていた。

この金時山で生を受けた金太郎は、絵本の描写を借りれば、マサカリを担いで熊と相撲を取るなどしてたくましく育った。やがて長じて立派な武士となり、源頼光《みなもとよりみつ》の家来として京都で酒天童子《しゅてんどうじ》の討伐を成し遂げる。

金太郎はその実在を疑う声もあるが、坂田公時がモデルであることは間違いない。時代のスーパースターであるがゆえに、地域での信仰も自然と生まれたのだろう。

神となった金太郎のご利益は、もちろん子どもの無病息災だ。


「その公時神社で毎年五月五日に、まつりがあるんですよ。公時まつり」

缶ビール片手にそう切り出したのは、小田さんという三十代の男性だ。

「獅子舞が披露されたり、子どもたちの相撲大会が開かれたり、ちゃんこ鍋が観客に振る舞われたりするの。毎年、結構にぎわってますよ」

コロナの時は中止でしたがね、と付け加えつつ、小田さんはビールを一口飲む。

ちなみに、南足柄市では、市が主催する「足柄金太郎まつり」という別のまつりもあるそうだが、小田さんは公時まつりの雰囲気の方が好きだという。

「俺は地元が近いんで、子どもの頃から、ちょくちょく遊びに行っていたんだ。そこで、数年前に不思議な体験をしたんだよね」

それは、小田さんの息子が一歳になった年だった。

小田さんは、息子が健康的に育つようにとの験担《げんかつ》ぎで、まつり見物へ出掛けた。

「相撲大会を見ながら、うちの息子もそのうち参加させようぜとか妻に言って」

健康祈願のお守りも買い、まつりをすっかり満喫した、その帰り道だった。

金時山からまださほど離れていない峠道を車で通行中のこと。小田さんは、遠くの道端にぼんやりと立っている女性の姿を見つけた。長い黒髪の若い女性だったという。

あんなところで何をしているのだろう、車がエンストして困っているのだろうか。

そう考えた小田さんは、妻に声を掛けた。

「そしたら、カミさんが『そんな人、どこにいるの?』って」

小田さんが、あそこにいるよと女性の方を指差した途端、それまでチャイルドシートにおとなしく座っていた息子がワーッと泣き出した。

妻があやそうとして体に触れると、ジリッと熱かった。

「額に手を当てたら、すごい熱で。どうして急にって、カミさんもテンパっちゃって」

息子はチャイルドシートから逃げ出すほどの勢いで泣き続けている。

信号が青に変わった。

小田さんは、車が揺れて息子を刺激しないよう、スピードを落として発進させた。

例の女性は相変わらず、道端に立ちすくんだままでいる。近くにエンストしたような車はなかった。女性からこちらに助けを求めるような合図や仕草もない。

息子の泣き声がさらに大きくなった。妻はスマホで、近くにある病院を検索し始めた。

車が女性の真横を通り過ぎる。

小田さんは横目で女性の顔をちらりと見た。そして、ヒッと声が出るほど驚いた。

「顔の赤い、銀髪の老婆だったんです」

遠目に見た時は、たしかに若い女性に見えた。きれいな横顔だとさえ感じた。それなのにこれは一体どういうことか。ハンドルを握る手がじわりと汗ばんだ。

「そうしたら、息子がピタッと泣きやんだの。あんなに泣いていたのが嘘みたいに」

しかも、息子は嬉しそうに微笑んでいた。そして、小さな声で一言、

『お母さん』

そうつぶやいたのだという。

「息子は俺たちのことをパパ、ママって呼んでたの。それが突然、お母さんって」

小田さんは、息子がその言葉を発した時、母親である妻の方ではなく、窓の外の老婆を見つめていたような気がする……と述懐する。

妻が息子の額に再び手を当てると、すっかり熱は下がっていた。

バックミラーに目を向けたが、老婆の姿はもうどこにもなかったという。

「結局、あの老婆のことは俺の見間違いってことで、自分を納得させたんだけど……」

しばらくして、小田さんは金太郎にまつわるこんな伝説を知った。

「金太郎のお母さんって、足柄山に住む山姥《やまんば》だったたって。妖怪の一種。だから、ひょっとするとさ……」

俺が見たのはその山姥だったのかもよ、と小田さんは真剣な表情で語る。

「山姥はいまでも、ああやって時々ふもとに降りてきて、何だかよくわからない悪いものから、子どもたちを守ってくれているんじゃないかな？」

小田さんの息子はそれ以来、風邪一つ引かない健康優良児に育っているそうだ。

「そろそろ、公時まつりの相撲大会に出そうと思ってるんですよ」

小田さんは笑顔を浮かべると、元気そうに太った息子のスマホ画像を見せてくれた。

鬼退治

（愛知県犬山市／桃太郎神社の大神実命《オオカムヅミノミコト》信仰）

日本で最も有名なおとぎ話と言えば「桃太郎」だが、その主人公である桃太郎を祭神として祀っている神社が全国にいくつかある。

その一つが愛知県犬山市にある、その名もそのまま桃太郎神社だ。

もともとは犬山市栗栖にそびえる「桃山」という美しい三角形をした山が、この地域の御神体として信仰の対象になっていた。山中には現在も、かつて祭祀が行われていたことを証明する遺構や石碑が残されている。

昭和初期、桃山から飛騨木曽川国定公園内に遷座されて、桃太郎神社が建立された。

祭神は大神実命。この神様の正体は、桃である。

古事記によれば、イザナギノミコトが黄泉の国で悪鬼に追われた際、比良坂《ひらさか》に実る桃を採って投げ付けたところ、その霊力によって悪鬼を追い払うことができたという。

この桃こそが大神実命であり、後に桃太郎の姿でこの世に現れて、人々を苦しめる鬼を退治してくれたというわけだ。

「でも、あそこってなぜか心霊スポットなんですよね。いまは知らないけど、昔は」

そう話すのは、犬山市の近隣の市で育ったエイジさんというアラサー男性だ。

「神社の中の公衆トイレに女の幽霊だか鬼だかが出るって噂がうちの町にも流れてきて。それである時、高校の連中と肝だめしに行ったんです。バイクに乗って」

いまから十五年ほど前の夏の話だ。

「ろくな仲間じゃなかったですよ。万引きしたり、カツアゲしたりするような」

エイジさんはグループの下っ端で、お金をせびられるなどイジメに遭っていたという。

神社境内には、桃太郎の物語にちなんだ犬や猿や雉や鬼のオブジェが設置されていた。仲間たちはそれらを蹴飛ばして馬鹿笑いしている。その笑い声を背に聞きながら、エイジさんは桃型のアーチの鳥居をくぐって、社殿に手を合わせた。

「もういじめられませんように。この悪い仲間たちと手を切れますようにって。どさくさまぎれに、そんなことをお祈りしました」

そのあと、一行は噂の公衆トイレに向かった。順番に一人ずつ入ることになり、エイジさんは半ば無理矢理、トップバッターにさせられた。

公衆トイレの中に入るなり、エイジさんは突然、全身から汗が吹き出した。

外と比べて特に暑いというわけでもなかったのに、体中がカッカと火照ってきた。

エイジさんは顔を洗いたくなり、暗がりの中、目を凝らして洗面台を見つけた。

目の前に鏡があった。鏡は、黒い霧が掛かったように薄汚れていた。

この汚れは一体何だろうと気になり、エイジさんは鏡に顔を近付けた。

「そしたら、黒いもやもやの奥に、仰向けに倒れた赤鬼が映っていたんです」

両手両足が卍に折れ曲がった真っ赤な肌の鬼が、エイジさんを見つめていた。

エイジさんは声も出せないほど驚き、あわてて外へ飛び出した。

仲間たちにいま見た光景を伝えると、ボス格のZ君が「俺がたしかめてくる」と言って公衆トイレに入った。

しばらく待ったが、Z君はなかなか戻って来ない。物音も聞こえない。

みんなが不安になりかけた時、Z君はどこで用意したのか、縁日の鬼のお面をかぶり、上半身裸でスキップしながら帰ってきた。

「それで、みんな大爆笑。私が見た鬼のことも、作り話だと決め付けられちゃって」

エイジのくせに俺たちを怖がらせるなんて生意気だと、罰金を取られたそうだ。


「それから一週間くらいしてですね。Z君が死んだのは」

Z君は地元の古びた団地の屋上で、別の高校の下級生をイジメて楽しんでいたところ、うっかり足を滑らせて、地上へ転落したのだという。

「たまたまその場に居合わせた仲間から聞いたのですが……」

Z君は両手両足が卍に折れ曲がり、全身血まみれで死んでいたという。

ボスの不慮の死によって、不良グループは事実上解散となった。エイジさんは長年の腐れ縁から解き放たれ、イジメられることもなくなったという。

「まったくの偶然だとは思うんですよ。たまたまだと思うんです。それでも私には桃太郎が〝鬼退治〟してくれたように思うんですよ」

エイジさんはうっすらと笑みを浮かべながら、そう語った。

乳母車と老婆

（福島県二本松市／安達ヶ原《あだちがはら》の巨石信仰）

福島県には、巨石を祀っている寺や神社が多くある。

福島市の五輪石稲荷《ごりんせきいなり》神社や、郡山市の日枝神社、同じく鹿島大神宮などが有名で、特に鹿島大神宮の境内各所で突出する白い花崗岩《かこうがん》は「ペグマタイト岩脈」と呼ばれ、国指定の天然記念物にもなっている。

こうした巨石群は、もともとはそれ自体が神の依り代として信仰の対象だったと考えられている。その場所の神聖な力を借りようと、後から寺社が建立されたのであろう。

二本松市安達ヶ原にある歓世寺《かんぜじ》も、おそらくはそうした寺の一つだ。

この寺の中には「笠石」「甲羅石」「安堵石」「蛇石」などと呼ばれる巨石や奇岩が存在しており、いくつもの石が絶妙なバランスで積み重なっている姿は、イギリスのストーンヘンジを彷彿とさせる。

観世寺の開基は奈良時代だが、近隣からは縄文土器が発掘されていることもあり、巨石への信仰は遥か原初の時代よりあったのだろうと想像できる。


「でも、安達ヶ原や観世寺と言えば、石より鬼が有名でしょう」

軽やかな口調でそう切り出したのは、上山さんという初老の男性だ。

上山さんの言う「鬼」とは、安達ヶ原の鬼婆伝説のことだ。

『みちのくの　安達の原の　黒塚に　鬼こもれりと　いふはまことか』

という平兼盛の和歌が、平安時代に編まれた拾遺和歌集に収録されている。それほどの昔から、この地の鬼婆の話は有名だったようだ。

上山さんはこの鬼婆伝説について、身ぶり手ぶりを交えながら詳しく語ってくれた。


昔、都に「いわて」という女性がいた。いわては、とあるやんごとなき姫様の乳母で、この姫様を溺愛していた。ところが、この姫様がある時、難病にかかってしまった。姫様を助けるためには、生きた赤子の肝を食べさせるしかないと医者は言う。

いわては奥州の安達ヶ原へ下った。目立たぬ場所で、旅の妊婦を襲う計画だった。

しばらく待つと若夫婦がやって来た。妻は身籠っていた。これぞ好機と、いわては出刃包丁で若夫婦を刺し殺した。

妻の腹を割いて赤子の肝を取り出そうと、いわては妻の死体を検分した。

すると、妻の着物に縫い付けてあったお守りに、見覚えがあった。

それは、かつていわてが実の娘のために手作りしたお守りだった。いわては、我が子を手に掛けてしまったのだ。

その後悔と罪のため、いわては鬼となった。

それから、旅の高僧に退治されるまでの長い間、鬼婆と化したいわては安達ヶ原の黒塚に籠って旅人を襲い続けた。

安達ヶ原の鬼婆伝説とは、簡単にまとめるとそういう話だ。

「観世寺はその鬼婆が潜んでいたとされる場所です。鬼婆が寝起きしていた岩屋だとか、殺された赤ちゃんの泣き声がする石だとか、いろいろ残っているんですよ。ほら」

上山さんは、プリントアウトされたカラー写真を何枚か机に広げる。

その中の一枚に、出刃洗《でばあら》いの池、と書かれた立て札と小さな池の写真があった。

写真の中の池は、真っ赤に染まっている。

「驚きましたか？」

上山さんは子どものように屈託のない笑みを浮かべる。

「これ、実は私のイタズラです。スマホの加工アプリですよ」

上山さんは茨城県で町工場を経営しているのだが、数ヶ月前、その工場の社員旅行で観世寺を訪れた。幹事を任せた歴史好きのベテラン社員が立てたプランだった。

上山さんは、鬼婆伝説を怖がっていた若い女性事務員たちをからかいたくなった。

それで、撮影した出刃洗いの池を赤く塗って、彼女らに見せたのだ。

「おい、こんな心霊写真が撮れちまったぞ！　なんて大袈裟に騒いでみせてね。ほとんどの子は『インチキでしょ？』と笑ってましたけどね。何人かは本気で怖がってくれたな」

社長の悪趣味なジョークとして、話はそれで終わるはずだった。

ところが、その数日後、上山さんはおかしなものを目撃してしまうのだ。

旅先から茨城へ戻って数日経ったある日のこと。

取引先との商談を終えた上山さんは、自転車で工場へと戻る道を走っていた。

時刻は秋の夕暮れ時。あたりはライトを付けるべきか迷う程度の薄暗さだ。

ふいに、目の前から一人の老婆が歩いて来た。

老婆は腰が折れ曲がっており、遠目にわかるほどボロボロの和服を着ていた。

「そのばあさんね、はじめ、手押し車を引いていると思ったんですよ。そういう年寄り、多いでしょ？　でもね」

よく見るとそれは手押し車ではなく、乳母車だった。上山さんはギョッとした。

「こんな時間に、こんな人気のない道で、何だか気味悪いなと思って」

速度を上げて早く通り過ぎたかったが、なぜかペダルが重く、上手く力が入らない。

ふいに、老婆が顔を上げた。その顔を見て、上山さんは息を飲んだ。

「私の、母親だったんです」

ありえない、と上山さんは思った。上山さんの母親は和服など着ないし、腰もあんなに曲がっていない。ましてや、乳母車など引いて歩くわけがない。

「何より、母は五年前に亡くなっているんですから。歩いているはずないんですよ」

上山さんはブレーキを踏んだ。ギギギっと嫌な音を立てて、自転車が急停止する。

母親と同じ顔の老婆は、ゆっくりと歩いて来る。

やがて、乳母車の中が上山さんの視界に入った。

「中にね、石が積んでありました。人の頭ほどの石が、縦に三つ」

上山さんは本能的な恐怖を覚えた。この老婆はまともな存在ではないと感じた。

「震える足で必死にペダルを漕いで、後ろを振り返らずに逃げました」

家に帰ると、母親の仏壇に向かって、ひたすら手を合わせ続けたという。


「たぶん、罰が当たったんですよね、ああいう場所のものに、イタズラしたから」

赤く染まった出刃洗いの池の画像を指差して、上山さんは苦笑いする。

それ以来、その不気味な老婆の姿は見ていないそうだ。

「夕方で暗かったし、何かの見間違えだった……と、いまでは思うんですけどね」

そうは言いながらも、上山さんには一つ、不安があるという。

「娘がいま、妊娠してるんです。ええ、初孫で。もうすぐ予定日なんですが……」

無事に生まれてきますよね？

上山さんは額にしわを寄せながら、そう言った。

人の世に命ささげし（静岡県富士市／かりがね祭り）

静岡県を流れる富士川は、現在でも日本三大急流の一つに挙げられる暴れ川だ。古代より氾濫を繰り返し、多くの住民が水害の犠牲になった。

その被害を防ぐため、江戸時代、富士代官の古郡氏が親子三代に渡って堤防構築の工事を行った。五十年を超える歳月を経て、ようやく出来あがったのが「かりがね堤」だ。

この古郡氏の功績に感謝の祈りを捧げ、かつ、過去の水害で亡くなった人々を弔うために始まったのが、かりがね祭りだ。

とはいえ、祭りの歴史自体は案外浅い。もともとは地域の小学校の校庭でイベント的に行われていたものを、正式に「かりがね祭り」として富士市主催で開催するようになったのは、昭和の終わり頃のことだという。

「高校生の時、この祭りでちょっとした不思議な体験をしましてね」

そう話すのは、埼玉県の某市で中学校教員をしている梶原さんという男性だ。梶原さんは富士市の生まれで、かりがね祭りにはよく遊びに行っていたそうだ。

「あの祭りの醍醐味は、やはり投げ松明でして」

それは、文字どおり松明を投げる儀式のことだ。

会場である土手に、高さ十八メートルほどの柱を三本立てる。柱の先端には、蜂の巣と呼ばれるカゴが付いており、このカゴに向かって、参加者たちが松明を投げ入れる。カゴは油を染み込ませた藁で出来ており、松明が入れば勢い良く燃え上がり、火の粉が夜空を焦がす。当然だが、周囲には放水車が待機するなど事故防止が徹底されている。

「それでも、以前は管理もちょっと甘めでしたよ」

梶原さんは苦笑いを浮かべる。いまは、投げ松明の参加希望者は完全事前予約制だし、ヘルメットや長ズボンの着用も義務付けられているし、人と人との間隔にも充分な配慮がなされているそうだが、一昔前はもう少しゆるやかな規定だったというのだ。

実際、梶原さんは危うく事故に遭いかけた。

「誰かの投げた松明がポーンと飛んできて、私の背中に当たったんですよ」

この時、梶原さんは複数の友人たちと祭りに来ていた。わいわい騒ぎながら、大人たちの目を盗んでこっそりビールも口にしていた。つまり、油断していたのだ。

「長袖シャツの脇の下辺りに、ボワッと引火しちゃって」

梶原さんは焦った。周囲を見ると、近くには放水車もおらず、緊急用のバケツもない。

「何でもいいから早く水を寄越せ！　と友人に怒鳴りまして」

友人の一人が、手にしていた紙コップのジュースをあわてて梶原さんにかけた。

その途端、梶原さんはものすごい水圧を全身に感じ、息ができなくなった。

「たとえるなら、川で溺れて流されたような圧迫感と苦しさで」

意識を失いかけ、ハッと我に返ると、梶原さんは全身びしょ濡れになっていた。

シャツの火はすっかり消えている。

「意味がわかりませんでした。紙コップ一杯のジュースでこんな状態になるわけないし。でも、私に大量の水をかけてくれた人なんて、どこにもいないんですよ」

周囲の人々は、この件に気付いてすらいない様子で、投げ松明に熱中している。

しばらく呆然と佇んでいると、真下の地中から、かすかな音が聞こえてきた。

「チリンチリーン、チリンチリーンって。鈴の音です」

本当に小さな音だったので空耳かも知れませんが、と梶原さんは言う。

ずぶ濡れだった梶原さんだが、いつの間にかすっかり、水は乾いていた。その後は何事もなかったかのように、友人たちとフィナーレの花火まで見届けたという。


「いまになって思うとね、人柱のお陰じゃないか、なんて気がするんですよ」

梶原さんはしみじみとした口調でそう語る。

実は、かりかね堤の工事には人柱の伝説がある。工事が何度も頓挫した折、旅の老僧にお願いして人柱になってもらった、という逸話だ。

「人柱のお坊さんが助けてくれた……なんてのは、きれい過ぎる話ですかね？」

そうつぶやいて笑いながら、梶原さんはスマートフォンに収めた画像を見せてくれた。

それは、かりがね堤の一角にある石碑の画像だった。

「人の世に　命ささげし　人柱　今に佇えて　富士のかりかね」

石碑にはそう記されていた。

せいやせいや（大分県中津市／鶴市花笠鉾神事《つるいちはなかさぼこ》）

大分県中津市内を流れる山国川《やまくにがわ》の下流に八幡鶴市《はちまんつるいち》神社はある。

その鶴市神社で毎年八月下旬に催される大祭が、鶴市花笠鉾神事だ。

色鮮やかに飾り付けられた十九基の花傘鉾が、祭囃子の調べに乗って、沖代平野《おきだいへいや》の青田の中を約三〇キロメートルも巡行する光景は、この地域の夏の風物詩になっている。

夜には河川敷で花火も上がり、花笠鉾と共にやって来た神輿《みこし》を担ぎ手たちが川の対岸へ送る「川渡り」の儀が行われて、祭りはフィナーレとなる。

一見、華やかでにぎやかなこの祭りだが、起源には残酷な物語がある。

いまから約千年前。度重なる山国川の氾濫に悩まされていた地元の人々は、その下流域右岸に堰を築くことにした。だが、この工事が上手く行かない。そこで、やむを得ず人柱を捧げることになった。これに名乗りを上げたのが、お鶴と市太郎という親子だった。

二人は七日七晩の断食で身を清めた後、山国川へと自ら入水して果てた。親子が沈んだ直後、川底から二羽の黄金の鳩が飛び立ったという逸話が残っている。このお鶴と市太郎を供養し、郷土の平和と発展を願うために祭礼が始まったのだ。華麗な花傘鉾が登場するのは、ずっと下って江戸時代になってからのことだという。


都内で塗装工をしているイトウさんは、この祭りを見物に訪れたことがある。

「俺は大分の出なんやけど、向こうに住んどった時の連れに中津のもんがいて」

その中津在住の友人X君に誘われて、里帰りのついでに足を伸ばしたのだという。いまから十年ほど前のことだそうだ。暑さに汗を拭いながら沿道に立ち、次から次へとやって来るカラフルな花笠鉾を眺めているのは、とても楽しかったそうだ。

「でもなぁ、祭りの最後に、Xの奴がちょっと変なことになって……」

夜。多くの屋台が立ち並ぶ河川敷に、白装束の男たちが神輿を運んできた。

神輿の外側には提灯が取り付けられており、車のヘッドライトのような煌々とした白い光をあたりに放っている。その担ぎ手の一人がX君だった。X君はサングラスを掛けて、せいやせいやと威勢の良い声を出しながら、元気いっぱいに神輿を揺らしていた。

担ぎ手たちは神輿をいかだのような板に乗せて山国川を対岸まで渡った。途中、川の中にザブンと飛び込み、水中で神輿を担ぎ上げるパフォーマンスを披露したという。

イトウさんがX君の異変に気付いたのはその時だ。

「Xが、顔を真っ赤にして、叫び声みたいなトーンでせいやせいやって」

暗くて、しかも離れた位置からだったが、はっきりわかったとイトウさんは言う。

だが、周囲の担ぎ手たちもみんなテンションが上がっているせいか、イトウさんの他にX君の異変に気付いている人はいないようだった。

しばらくして、X君はいかだに乗ってこちら岸へ戻って来た。

イトウさんはすぐにX君に近寄り、具合でも悪くなったのかと聞いた。

X君はバツの悪そうな表情を浮かべて、イトウさんに小声でささやいた。

「川底から誰かに引っ張られた、って」

X君は、暑さと疲れのせいでめまいでもしたのかと感じたそうだ。あるいは、仲間の誰かが悪ふざけをして足を掴んでいるのかと。

だが、そうではないとすぐに気が付いた。

「一瞬だけ、川面に女の顔が見えよったたんやて」

青白く、うつろな表情だったそうだ。

X君は悲鳴を上げそうになったが、神事を妨げてはいけないと思い、必要以上に気合いを入れて、せいやせいやと神輿を担ぎ続けた。

その間、X君はずっと、ふくらはぎに手のひらの感触を感じ続けていたという。


「後で知ったんやけど、Xはガキの頃から霊感が強かったそうでな。そん時も、他ん人には見えん何かが見えてしもうたっちゃろう」

俺にはそげなもんが見えたことないから、ようわからんたい、とイトウさんは笑う。

ちなみに、X君はその翌年も、恐れることなく祭りに参加したそうだ。

「そげなもんにビビっとったら祭りなんかやれんたい、って言うとったね。俺は、Xの奴はほんもんの九州男児や思うたよ」

幸いにも、その後、X君がおかしな体験をしたことは、ただの一度もないという。

龍神様

（静岡県御前崎市《おまえざき》／桜ヶ池のお櫃《ひつ》納め）

静岡県御前崎市にある桜ヶ池は、三方を原生林に囲まれた広大な池だ。池というより、むしろ湖に近いイメージだろう。

この桜ヶ池のほとりに池宮神社という古廟《こびょう》があるのだが、池宮神社は桜ヶ池そのものを御神体として信仰している。いまから千年近く前の平安時代、当時の高名な僧侶が、衆生救済のため龍神に姿を変え、自ら桜ヶ池の中に身を沈めたという伝説が残っており、それを根拠とするものだ。

池宮神社では毎年、秋の彼岸の時期に「お櫃納め」と呼ばれる神事が実施される。

白いふんどしを締めた裸の青年たちが、赤飯を入れた檜のお櫃を持ち、神船と呼ばれるいかだに乗って池へと漕ぎ出す。そして、池の中央で下船し水中に入って、お櫃を水底に沈める。こうすることで、龍神様に地域の安寧と五穀豊穣を祈願しているのだ。

なお、数日後に浮かび上がってきたお櫃からは中身の赤飯が消えているという。

「あの池は、広さは約二万平方メートル。しかし、深さは不明なんだよ」

そう解説してくれたのは、タツヤさんという還暦を少し過ぎた男性だ。

「市か県が調査をしようとしたけど、途中で事故が起きて測定不能なんだとか。地元じゃ底なし沼だって言われたもんさ。諏訪湖と繋がってるなんて伝説もあってね」

タツヤさん自身は掛川市内の出身だが、伯父夫婦が桜ヶ池の近所に住んでいたそうで、子どもの頃はしょっちゅう遊びに来ていたそうだ。

「そのうち、友だちもできてね。一個下の女の子。いま思うと初恋だったかなぁ」

タツヤさんは表情をゆるめながら思い出にひたる。

だが、その初恋相手であるM子さんに関して、五十年以上経ったいまでも忘れられない奇妙な事件があったという。

ある年の冬休み、タツヤさんは伯父夫婦の家へ泊まり掛けで遊びに来ていた。

昼下がり、伯母が作ってくれた握り飯を持ち、近所のM子さんを誘って遊びに出た。

「桜ヶ池公園に行ったんだ。ま、生意気だけどデートだよね」

祭礼の時期でもお花見の季節でもない桜ヶ池公園には、人がいなかった。

タツヤさんとM子さんは園内をブラブラ散歩しながら、互いの小学校での出来事や最近よく聞く歌謡曲の話題などで盛り上がったという。

桜ヶ池をすぐ目の前に臨みながら、M子さんがこの池にまつわる「龍神伝説」を詳しく聞かせてくれた。習い事の先生から教わったのだそうだ。

「M子はね、怖いと言ったんだ。本当に水底に龍神様がいるなら怖いと」

それを聞いて、タツヤさんの胸中にイタズラ心がむくむくとわき上がって来た。

そんなに怖がってるなら、ちょっとだけ驚かしてやろう。

好きな女子をついイジメたくなってしまう、少年期特有の心理だったのかも知れない。

ほんの少しだけからかうつもりで、タツヤさんはM子さんの背中をトーンと押した。

ちなみに、この当時も現在も、桜ヶ池に柵や囲いはない。

「本当に軽くだよ。押すと言うより触れただけ。それなのに……」

M子さんは、二、三歩前へよろけると、タツヤさんの言葉を借りれば「まるで引きずり込まれるように」そのまま池の中へと姿を消した。

水しぶきは上がらなかった。

タツヤさんは、しまったと思った。あわててM子さんを引き上げようとした。

しかし、M子さんは浮かんでこない。

池には、わずかな波紋も立っていない。

タツヤさんは大急ぎで伯父宅へと引き返した。

「とんでもないことをしてしまったと、頭の中は後悔でいっぱいだよね」

荒い呼吸で戻って来たタツヤさんを見て、伯母はすぐに異変に気付いた。タツヤさんの両肩を揺すり、何があったの？　と尋ねる。

タツヤさんは、上手くろれつの回らない口調で、早くM子を助けなきゃと訴えた。

「怒られるかも、なんて考えなかった。冬だから、このまま池の中に沈んでいたらM子は死ぬってわかっていたから、俺も必死だったよ」

事情を聞いた伯母は、すぐにM子の自宅へ電話を掛けた。まずはM子の母親に連絡するべきだと考えたのだろう。

ところが、はじめは顔面蒼白で黒電話の受話器を握っていた伯母だったが、次第に顔がゆるんで来た。すみません、子どものことですから、などと、穏やかに談笑している。

「こっちは一刻も早くM子を助けに行きたいのに、何をのんきにしてるんだと思って」

やがて伯母は、それではごめんくださいい、と笑顔で受話器を置いた。そして、一転してキッと怖い顔でタツヤさんをにらみつけた。

「タツヤ、たちの悪い冗談はやめなさい、M子ちゃんなら自宅にいるじゃない！　伯母はそう言って俺を叱ったんだよ」

タツヤさんは事態がまったく把握できず、戸惑いながら伯母の説教を聞いていた。

M子さんが無事だったらしいという安堵と、なぜM子さんは自宅にいるのかという困惑がちょうど半分ずつ、感情を支配していたという。

説教から解放されると、何はともあれ、タツヤさんはM子さんの自宅へと走った。

「M子のお母さんが、いつもどおりの笑顔で出迎えてくれてね」

二階のM子さんの部屋へ案内されると、M子さんが寝間着姿で布団の上に座っていた。

今日は遊べなくてごめんね。まだ風邪が治ってなくて。熱はもう下がったよ。

M子さんは少し鼻声ながら、元気な様子でそう話した。

「M子のお母さんに聞いたら、数日前、急な雨に打たれて、全身びしょぬれで家に帰って来たと。そこから三日ほど高熱で寝込んで、ようやく回復したと」

風邪が完全に治ったらまた遊ぼうね。そう言ってM子さんは静かに笑ったという。

「そのあと、よくよく思い出してみたんだけど、たしかにないんだよな、記憶が」

あの日、M子さんを誘って桜ヶ池まで行った記憶が、ぽっかりと欠落しているとタツヤさんは首を傾げる。

「でも、桜ヶ池に着いてからのことは覚えているんだ。M子の背中を押した時の感触も、龍神様が怖いとつぶやいたM子の声も、はっきりと。あれは、龍神様が見せた幻だったのかなぁ……」

この一件の翌年、伯父夫婦は仕事の都合で名古屋に引っ越してしまった。

それで、タツヤさんが御前崎市に行く機会は失われ、結局、M子さんとはそれ以来一度も会っていないのだという。

君は我が天女（静岡県静岡市三保《みほ》の松原／羽衣まつり）

駿河湾を挟んで富士山を臨む三保の松原は、世界文化遺産「富士山――信仰の対象と芸術の源泉――」の構成資産に登録されている日本有数の景勝地だ。

約七キロメートルに亘る砂浜沿いに、五万四千本もの松林が生い茂った美しい光景は、歌川広重が浮世絵に描くなど、古くから人々に感動を与えている。

一方、この地はもともと、天女伝説の舞台としても有名な場所だった。

その根底には「富士山は最も天に近い山だから、天女が降りて来ても不思議ではない」という、一種の富士山信仰が見え隠れしていて興味深い。

なお、三保の松原には、天女が羽衣を掛けていたという松の木「羽衣の松」が、いまも残されている。その特別な松は、三保の松原を鎮守の森に抱く御穂《みほ》神社が御祭神をお迎えする際の形代でもあるという。

菅沼さんは数年前、三保の松原で毎年十月に開催される「羽衣まつり」を見物した。

そのメインイベントは、野外ステージで上演される能舞台「羽衣」だ。

「俺は学がねぇから能なんてさっぱりわかんねぇよ。天女の羽衣のお話だって言うから、スケスケの服着たきれいなねぇちゃんが出てくるとばっかし思ってたんだ」

清水市生まれで親子三代の職人だという菅沼さんは、あっけらかんと笑いながら言う。

その時は、能や狂言が好きな得意先の社長に誘われ、付き合いで出掛けたのだそうだ。

能観賞の後、社長との宴席をほどほどで切り上げた菅沼さんは、酔いざましを兼ねて夜の散歩に出た。道なりに浜辺へ出て海風に当たる。それから「神の道」を歩いてみることにした。

「神の道」は御穂神社の参道で、長さは五百メートルほど。両脇に樹齢二百年を超える松がズラリと植えられた一本道で、御穂神社の御祭神が「羽衣の松」へ宿る際の通り道だ。

鮮やかにライトアップされており、とても幻想的だったという。

菅沼さんはスマホで景色を撮影しながら、神の道を半ば過ぎまでゆっくりと歩いた。

そこで、前からフラフラと歩いてくる一人の女性に気が付いた。

女性は鼻歌を唄いながら、軽やかな足取りでスキップをするように歩いている。すれちがう瞬間、地元の酔っ払いだろうと思った菅沼さんは、体をよけて道を譲った。

女性の横顔をチラリと覗き見た。

「あれっ？　と思ったの。だって、美佳子だったんだよ」

菅沼さんは目を疑った。その女性は、菅沼さんが高校時代に交際していたクラスメイトの美佳子さんに瓜二つだったのだ。

おーい、おまえ、美佳子だよな？

菅沼さんは振り返り、女性の背中に声を掛けた。

だが、女性は何も反応せず、弾むように、踊るように、歩いて行ってしまう。

「美佳子は、高校を出てドイツだったかイギリスだったかに留学しちまったんだ。だから卒業以来、ずっと会ってなくて」

菅沼さんは、青春時代の甘酸っぱい思い出が胸に込み上げて来るのを感じた。楽しくデートしたことや、些細なケンカが理由で別れてしまったことなどが、走馬灯のように脳裏を駆けめぐった。

「だからね、俺、追い掛けちゃったの。待ってくれ、俺だよって言いながら」

ところが、女性は一切振り返らず、歩みを止めることもしない。
菅沼さんは小走りになったが、それでもまったく追い付かない。
いつの間にか浜辺まで来ていた。あたりに菅沼さんと女性以外、人はいない。
女性は、羽衣の松のすぐ近くまで来て、ようやく速度を落とした。
菅沼さんは回り込むようにして女性の前に立った。暗がりの中、改めて顔を見る。
「やっぱり、どこからどう見ても、美佳子だったんだ」
美佳子、日本に帰ってたのか、久しぶりだなぁ、元気にしてたか?
菅沼さんの口から言葉が一気にあふれ出した。
それを聞いて、女性がやわらかな笑みを浮かべた。
「ああ、良かった、やっぱりこいつは本物の美佳子だって喜んだら……」
次の瞬間、女性はふわりと宙に舞い、そのままゆっくりと空に昇って、消えた。
一人残された菅沼さんは、茫然としたまま、しばしその場に立ちつくしていたという。

東京に戻ってからも、菅沼さんは、その時の光景を忘れられずにいた。
「美佳子のことが、もう気になって気になって仕方なくて」

菅沼さんは、旧友の伝手をいくつか辿り、美佳子さんの行方を調べた。

しばらくして、美佳子さんの消息が掴めた。

「亡くなってたんだよ。俺が『会った』あの日の少し前に」

美佳子さんは留学先のフランスで就職し、ずっとパリで暮らしていたが、病に冒され、療養のため日本に戻っていたそうだ。そして、残念ながら快復は叶わなかった。

「おかしいと思ったんだ。だって、あの時の美佳子、俺が付き合っていた高校生の頃と、まったく顔が変わってなかったんだから。いくら若作りしても、それは無理だよなぁ」

その後、菅沼さんは美佳子さんの実家を訪れ、線香を上げることもできたそうだ。

「美佳子の母親から『美佳子はずっと独身だったのよ』って聞かされてなぁ」

もしかしたら、あいつも俺のことがまだ好きで、最期に俺と会いたくて、天女になって降ってきてくれたのかもな。ははは、そんなまさかな。

菅沼さんはおどけてそう言いながら、目にうっすらと涙を浮かべていた。

夢に出てこないで（東京都墨田区／隅田川花火大会）

隅田川花火大会は、日本最大級の花火大会の一つだ。毎年、その模様がテレビで生中継され、来場者数が百万人に達する年もあるという。

花火大会の終了後、浅草駅や両国駅へ向かう人の波は数時間にわたって途絶えることがなく、その混雑ぶりも含めて、東京の夏の代名詞の一つになっている。

隅田川花火大会の歴史は古く、江戸時代にまでさかのぼり、八代将軍・徳川綱吉が飢饉と疫病による死者の慰霊のため、両国の川開きの日に花火を打ち上げさせたのが始まりだと言われる。

ただし、この由来に関しては、大正時代以降に後付けで作られたという説もあり、本当のところはよくわかっていないらしい。

とは言え、古代からの日本人の「火」への信仰心を思えば、打ち上げ花火に死者供養や鎮魂の意味が込められていたとしても、何ら不思議ではない。

京都では夏の花火がお盆の「迎え火」「送り火」としても扱われているし、新潟県長岡市の花火まつりは、太平洋戦争における空襲の犠牲者を慰めるためと謳っている。

隅田川は歴史的に水難事故が多かった場所でもあり、そうした地で大規模な花火大会が現代に至るまで長年続いているというのは、やはり、多くの人々が心のどこかで無意識のうちに、慰霊や鎮魂の念を抱いているからなのかも知れない。


「もう十年くらい前になりますか。隅田川花火大会に恋人と一緒に行きました。デートというより、鎮魂のために」

そう語り出したのは、真山さんという三十代の会社員。横分けの髪をしっかりと整髪料で固めた、いかにも実直そうな男性だ。

その当時、真山さんは朋美さんという女性と交際していた。真山さんより二歳年下で、人気女優のYに似た雰囲気の区役所職員だったという。

「友人が開いた飲み会で知り合って。ええ、要するに合コンです。あの頃は、マッチングアプリなんかもまだ盛んじゃなかったたし」

真山さんと朋美さんはすぐに意気投合し、その日の帰りに連絡先を交換。翌週には二人だけで映画デートに出掛け、程なくして自然と付き合うようになった。

「すっかり浮かれていました。ぼくにはもったいないくらいの美人でしたから」

だが、しばらくすると、真山さんは不安になった。デートのたびに、朋美さんがあくびを連発していたからだ。

「ぼくといるのが退屈なのかなって。それで、情報誌を読んだり、遊び慣れた友人に相談してデートプランを立てたりとかしてみたんですが……」

とうとう、朋美さんはデート中に居眠りをするようになってしまったという。

朋美さんの顔をよく見てみると、目元にクマが出来ており、あまり体調も良さそうではなかった。それで、真山さんは勇気を出して直接聞いてみた。

「そうしたら、彼女。少し迷った末に、ぼくに言ったんです」

あなたと会う日の前の夜は、いつも必ず同じ悪夢を見て、うなされて起きるの。

だから、ちっとも寝た気がしなくて、いつも寝不足の状態でデートしているの。

「当然、その悪夢とやらの中身を尋ねましたよ。そうしたら……」

はじめは言い渋っていたが、元カレの夢だ、と朋美さんは答えた。

「その元カレ、自殺しちゃったらしいんですね」

朋美さんの元彼氏（ここではKさんとしておく）は、朋美さんの高校時代の同級生で、成人式で再会したことをきっかけに交際が始まったのだそうだ。どこにでもいる学生同士の仲良しカップルとして過ごしていたが、数年後、二人は破局した。そして、その直後、Kさんは自ら命を断ってしまう。自宅での首吊りだった。

「別れた理由までは知りません。さすがにそこまで踏み込んでは聞けないですよ」

それ以降、朋美さんの夢の中に、Kさんがたびたび現れるようになった。

Kさんは悲しそうな顔をして、無言で朋美さんを見下ろしているのだそうだ。

「その悪夢を、ぼくと付き合うようになってから、以前にも増して頻繁に見るって」

真山さんは、心霊現象や呪いなどを信じるタイプではなかったそうだが、Kさんの霊が朋美さんに取り憑いているのだと判断した。

「朋美に恋心を抱いたまま死んだKさんが、新恋人であるぼくに嫉妬して、朋美に悪い念を送っているに違いないと思ったんです」

真山さんはネットで調べ、とある占い師に相談に行った。新宿に事務所を構えており、この手のケースに詳しいと評判の老占い師だった。

老占い師は真山さんと朋美さんに数枚のタロットカードを開いて見せながら、

『ちゃんとKさんの霊を成仏させないとダメだよ。いつまでもつきまとうよ』

と告げたという。

「それで、朋美と真剣に話し合いました。どうやってKさんを供養するか」

近所の神社で厄落としのお祓いも受けたが、Kさんは朋美さんの夢から消えなかった。霊験あらたかと評判の護符を通販サイトで取り寄せたが、これも効果がなかった。

真山さんは霊媒師を探して除霊してもらおうと提案したが、朋美さんは、霊媒師なんか信用できない、そこまでオカルトに染まりたくない、と言って受け入れなかった。

しかし、そうこうしている間に、Kさんはとうとう、毎日朋美さんの夢に現れるようになってしまった。

しかも、それまではじっと見下ろしているだけだったのが、この頃になると、朋美さんに顔を近付け、何か呪詛のような文言をつぶやくようになっていた。

「朋美は寝不足が重なって、体調が悪くなってきて、仕事も休むようになって」

もはや一刻の猶予もないと、真山さんは危機感を抱いた。朋美さんと話し合いを続け、ようやく解決の糸口を見出した。

「Kさんは花火が好きで、朋美と各地の花火大会によく行っていたそうなんです」

花火には慰霊や鎮魂の意味がある。Kさんはそれに賭けてみようと考えたのだ。

ちょうど直近に、隅田川花火大会があった。朋美さんに確認すると、Kさんと交際していた数年間は、毎年必ず浴衣姿で行っていたと答えた。

二人は隅田川の大会に出掛けた。真山さんは、Kさんが好きだったという黒色の浴衣を身にまとった。朋美さんも、Kさんとお揃いで買ったという黒い浴衣を着た。

「喪服だと思いました。ぼくらだけ、喪服を着ているんだという感覚でした」

朋美さんは浴衣のたもとにKさんと写ったプリクラを入れていた。

「Kさんに、朋美との最後のデートを楽しんでもらって、何とか成仏してほしくて」

大勢の人でごった返す清澄通りを北へ進み、蔵前橋、厩橋を経て駒形橋まで歩く。蒸し暑さと観衆の熱気で、真山さんは頭が痛くなってしまったという。それでも、ここで引き返すわけにはいかないと、朋美さんの手を握りしめながら、気を強く持った。

時間になり、隅田川上空に花火が打ち上がった。

赤、白、オレンジ、青、黄色。

色鮮やかな花火が轟音を上げて夜空に弾け飛ぶ。

真山さんは、隅田川へと消え落ちて行く火の粉を見つめながら、祈った。

「Kさん、どうか成仏して下さい。朋美は俺が幸せにしますからって」

隣を見ると、朋美さんも涙を流しながら空に手を合わせていた。

「花火大会が終わって。その日は、朋美もぼくの家に泊まって」

真山さんは一晩中、朋美さんのことが気になって眠れなかったそうだ。

翌朝。目覚めた朋美さんは爽快な顔をしていた。

「夢、見なかったって。Kさんが、夢に出て来なかったって」

次の日も、その次の日も、朋美さんはKさんの夢を見なかった。真山さんたち二人は、Kさんが完全に成仏してくれたのだと思い、喜び合って抱きしめ合った。

「これでもう大丈夫だ、これからは、やっと朋美と楽しい日々が過ごせるぞって」

だが、そうはならなかった。

しばらくすると、真山さんはたびたび、同じ夢を見るようになった。

くたびれたスーツに黒い眼鏡を掛けた白髪まじりの中年男性が、恨めしい顔で真山さんのことを見下ろしている。真山さんがそれに気付くと、男は真山さんをにらみつけ、両手で真山さんの首を絞めてくる。その苦しさで目覚めてしまうのだ。

男の顔に、心当たりはなかった。

「朋美に、何げなく尋ねました。くたびれたスーツに黒い眼鏡を掛けた白髪まじりの中年男性を知らないか、って」

朋美さんは、真顔で数秒沈黙した後、知らない、と暗い声で答えたという。

それから比較的すぐ、真山さんは朋美さんと別れた。

「理由は……、まぁいろいろありますけど、もう過去の話ですからね」

別れて以来、朋美さんとは一切連絡を取っていないから、彼女がいま、どこで何をしているのかはまったくわからないそうだ。

もちろん、夢に出て来た中年男性の正体もわからないままだ。

ただ、一つだけ、はっきりとしていることがある。

「その男の夢ですか？　ええ、朋美と別れてからは一度も見ていませんね」

最近、年下の新しい恋人が出来たという真山さんは、いまは楽しい毎日を送っている。

私は誰の子？（三重県伊勢市／夫婦岩《めおといわ》の張替神事）

三重県伊勢市の二見興玉《ふたみおきたま》神社は、伊勢神宮へ行く前に立ち寄って穢れを浄化する場所として知られ、昔から多くの参拝者が訪れている地だ。

伊勢湾の沿岸に建つこの神社から約七百メートル先の海中には「興玉神石」と呼ばれる霊石が鎮まっており、そこは神の依代として古代より信仰の対象となっていた。

この興玉神石を拝むための鳥居の役割をしているのが「夫婦岩」だ。

高い岩と低い岩が夫婦のように並んでおり、それぞれ男岩、女岩と呼ばれる。

二つの岩は大注連縄で繋がれており、夫婦岩の隙間から見える夕日や満月は神秘的で、近年はインスタ映えする絶景ポイントとしても有名になっている。

「私ね、もしかしたら、父の本当の子じゃないかも知れないんです」

イタズラっぽい口調でそう切り出したのは、マリさんという若い女性だ。

「いきなりそんなこと言っても意味わからないですよね。順を追って話します」

そう言って、マリさんはまず、夫婦岩の張替神事について説明してくれた。

夫婦岩の大注連縄は年に三回、張り替えられる。白装束をまとった氏子たちが、神前で清められた長さ三十五メートルの注連縄を三本、二つの岩に括りつけるのだ。

「昔、うちの両親がこれを見に行ったんですよ。結婚する前だから、三十年前かな」

当時、マリさんの母親のマサヨさんは名古屋の会社で事務員として働いており、そこで同僚だったマリさんの父親・フミオさんと恋仲になった。

ある時、マサヨさんとフミオさんは、社内の親しい友人たちと一緒に伊勢志摩へ小旅行に出掛けた。二人は並んで夫婦岩に手を合わせ、将来のことに思いを馳せたのだそうだ。

その日の夜。宿泊先のホテルでのことだ。

マサヨさんは一人部屋のシングルベッドで寝ていた。部屋の鍵は開けてあった。

「隣の部屋に父さんがいたから。いつでも父さんが入って来られるようにって」

我が母ながら積極的ですねと、マリさんはククッと小さく笑う。

そして、その日の夜中一時過ぎ。マサヨさんの部屋のドアが、開いた。

マサヨさんは、背中越しに男性の気配を感じて目を覚ました。気配は足音を立てずに近付いてくる。やがて、マサヨさんのベッドに滑りこんできた。宵闇の中、二人は静かに、けれども夢中で互いの唇を求め合った。マサヨさんが異変に気付いたのは、窓から月明かりがサッと差し込んだ時だった。

「父じゃなかったそうです」

隣で優しく髪を撫でてくれていたのは、まったく別の男性だった。

「でも、母はそれほど驚かなかったようですよ。だって、その相手はなんと、母の元カレだったのです！」

マリさんはクイズ番組の司会者のように、おどけた調子で言う。

マサヨさんの元カレは同じ職場の課長だった。不倫関係だったという。フミオさんとの交際を期に関係を清算したそうで、当然だが、課長はこの小旅行には参加していない。

「母は『私のことが忘れられず、会いに来てしまったのね』と思ったそうです。それで、これが最後だよと思いながら、課長さんの夜這いを受け入れちゃったんですって」

大胆というか節操がないというか、我が母ながらあきれますよ、とマリさんは大袈裟に肩をすくめてみせる。

事が終わると、課長は無言のまま、音も立てずに部屋から出て行ったそうだ。

マサヨさんはもちろん、この夜のことは自分の胸の中にだけ、そっと収めた。

事態が急変したのは、その二日後。名古屋に戻ってからだった。

朝、マサヨさんが旅の余韻を引きずったまま出社すると、社内が騒然としていた。

「例の課長さんが、昨日、車の事故で急死したって……」

突然の訃報にマサヨさんは衝撃を受けた。ほんの二日前、あんなことがあったばかりの相手だ。課長は自分に会いに来なければ事故に遭わなかったのではないか。

そう考えると責任めいたものを感じてしまい、悲しみと相まって胸が痛んだ。

だが、同僚から課長の死の詳報を聞いて、マサヨさんは別の種類の衝撃を受けた。

「課長さんが事故に遭ったの、三日前だったそうなんです」

三日前、課長は家庭の用事で浜松方面に向かい、その途中で事故に遭った。

意識不明の重体となり、生死の境を二日間さまよって、昨日、ついに力尽きた。

「じゃあ、伊勢で夜這いされたあの課長は何者だったんだ、ってね」

マサヨさんとフミオさんが正式に結婚したのは、その二ヶ月後のことだった。

マサヨさんは妊娠していた。

「以上が、母が亡くなる直前、私だけに聞かせてくれた話です」

マサヨさんは数年前、病気で亡くなったという。

父親のフミオさんはいまも健在で、マリさんと二人で仲良く暮らしている。

「だからね、私の本当の父親は、課長の幽霊なのかも知れないんですよ」

マリさんはどこか楽しそうに話す。

「もちろん、父にはナイショですよ。私、フミオのこと傷付けたくないんで」

血が繋がっているかどうかなんて、些細な話ですからね。

イタズラっぽくそう言って、マリさんは話を終えた。

化け馬（福島県相馬市／相馬野馬追《そうまのまおい》）

福島県相馬地方の「野馬追」は、中世の頃より千年以上続いている伝統神事だ。

もともとは、武士が素手で裸馬を捕まえる軍事訓練の一つだったらしい。それが、武家の守護神信仰と結び付き、捕獲した馬を神様へ奉納する儀式となって、さらに、江戸時代には領内の安寧と天下泰平を願うための祭礼へと発展した。

現代の野馬追は、全国各地から七万人以上の見物客が訪れるビッグイベントだ。

毎年、四百頭余りの馬が参加し、それにまたがる武者の大半は地元民だ。皆、先祖代々受け継いできた甲冑を着用し、家紋入りの旗差しを立てている。

彼らは神社でお祓いを受けた後、主会場である雲雀ヶ原祭場地《ひばりがはらさいじょうち》を目指して、神輿と共に出陣していく。この行軍は「お行列」と呼ばれ、その光景はさながら大名行列だ。

主会場では、各々の愛馬に乗った騎馬武者が一周千メートルのコースを疾走する「甲冑競馬」や、空から舞い降りてくる旗を取り合う「神旗《しんき》争奪戦」等が行われ、満員の観衆の拍手と歓声が響き渡る。これらの模様はテレビや新聞で取り上げられる機会も多く、最近はインターネットで生配信までされている。


「いやぁ、野馬追は面白かったですよ。ちょっと怖かったですけど」

都内の某大学院で機械工学を専攻しているという矢部君は、まだ学部生だった数年前、恋人と連れ立って野馬追を見物に行ったという。

「沿道でお行列を見ていた時、ぼくらと同じ観光客風のおばちゃん数人が、馬が向かってきている時に道路を横切ったんですよ。そしたら、めちゃくちゃ怒られて」

騎馬武者の一人から、かなり強い口調で注意されていたというのだ。

「あれは大名行列と同じですからね。あのおばちゃん、江戸時代なら無礼討ち、斬り捨て御免ですよ。騎馬武者には、当時の侍の魂が乗り移っているんですから」

腕組みをしながら、うんうんと一人で頷く矢部君。怖かった、というのはその件なのかと尋ねると、左手をヒラヒラと横に振った。

「いえ、そうじゃなくて。実は、ぼくの彼女が野馬追の会場で霊を見たんですよ」

矢部君の彼女であるアミさんが霊を見たのは、甲冑競馬の最中だった。

会場の雲雀ヶ原祭場地では、騎馬武者を背にした馬たちが続々とレースに臨んでいた。猛スピードで目の前を駆け抜ける馬の迫力に、矢部君は圧倒されていた。

次のレースに出走する馬たちがスタートラインに集まって来た時、アミさんが「あっ」と小さく声を上げた。

どうかしたの？　と矢部君が尋ねると、アミさんは「見えちゃった」と答えた。

「アミは、本人が言うには、見える体質なんだそうです。これまでにも、そういうことが何回かありまして……」

ドライブデートをしていた際、中央分離帯の上に首のない少女が座っていたとか、友人たちも交えて墓地に肝だめしに行った際、卒塔婆の上で逆立ちしているおばあさんがいたとか、そういうことをしょっちゅう言っていたそうだ。

「ぼくは正直、信じていなかったんです。どうせ本人の思い込みだろうと」

だから、この時も矢部君は生返事で聞き流していた。

「でも……。そのあと、アミは『お馬さんの霊が見える』って言い出したんです。化け猫ならぬ、化け馬がいるって」

アミさんは、いままさにスタートを切ろうとしている一頭の小柄な栗毛馬を指差した。その馬の背後に、首と前足がおかしな方向に折れ曲がった黒い馬が立っていると、矢部君に伝えてきたのだ。

それを聞いた矢部君は、はじめてアミさんの霊感は本物かも知れないと感じた。

「というのも、その栗毛馬、もともとは競馬の馬なんですよ」

実は、近年の野馬追に参加している馬の多くは、元競走馬だ。怪我や高齢のため競走馬を引退したサラブレッドが、第二の「馬生」として乗用馬になり、野馬追の時期になると各地から呼び集められるのだ。

競馬場では、時折、悲しい事故が起こる。レース中に骨折し、転倒して動けなくなり、その場で安楽死処分になる馬も、決してめずらしくない。

競馬ファンだという矢部君は、その事実をよく知っていた。だから、アミさんが見たという化け馬の存在を信じたのだ。

「もしかしたら、落馬事故で死んだ馬が化けて出て、あの栗毛馬に取り憑いて、崇ろうとしているのかも知れない……って」

つまり、人の霊が人に憑くように、馬の霊も馬に憑くのではないかと。

矢部君がそんなことを考えている間に、レースが始まった。

栗毛馬は、快調に先頭を走っている。だが、お腹の下に白い泡のような汗を異常なほど浮かべていた。

「そうしたら、その次のカーブで」

突然、栗毛馬の前足がガクッと深く沈みこみ、大きくバランスを崩した。矢部君は心の中で「危ないっ！」と叫んだ。このままでは、馬も、馬上の武者も前のめりに転倒する。

「でも、そうはならなくて。そのままスーッと、体勢を立て直して」

何事もなかったかのように、栗毛馬は先頭でゴールを通過した。周りの観覧客からは、速かったねぇ、強かったねぇなど、ほのぼのとした声だけが聞こえてくる。

「ぼくとアミ以外、誰も、栗毛馬が転びそうになった瞬間を見ていないんですよ」

矢部君は隣のアミさんを見た。すると、アミさんはうっすらと涙ぐんでいた。

「化け馬が助けたって。アミ、そう言うんです。栗毛馬がつんのめった瞬間、化け馬が、栗毛馬のお腹を支えて転倒を防いであげたと」

それで、矢部君は自分なりに理解した。

化け馬は、取り憑いていたのではなく、むしろ守護霊として、あの栗毛馬を、ひいては会場内のすべての馬たちを、事故から守ってくれているのだと。

矢部君は、自分には姿の見えない化け馬に向けて、そっと手を合わせた。

アミさんによれば、化け馬はいつの間にか、姿を消していたという。


「それまでは一切信じていなかったんですよ、霊なんて。でも、いまは、そういうこともあるのかなぁ、くらいには信じてますね」

矢部君はしみじみとした口調でそう話す。

「アミですか？　それからしばらくして別れましたよ。ぼくは科学者志望ですから。霊がはっきり見える女性と結婚するのは、ちょっと、いろいろ都合が……ね」

今度は競馬好きな彼女を作って、また野馬追に行きたいです。

矢部君は真面目な表情で、そう語った。

意地悪な鳥

（宮城県東松島市／えんずのわり）

宮城県東松島市宮戸の月浜地区に「えんずのわり」と呼ばれる伝統神事がある。えんずのわりとは、この地域の方言で「意地が悪い」という意味だ。誰が意地悪なのかといえば、鳥だという。農作物を食い荒らしてしまうからだ。

そうした害鳥を追い払い、五穀豊穣と一族繁栄を願うための行事として、えんずのわりは二百年以上も前に始まった。

小正月の時期、地元の七歳から十五歳の子どもたちが、氏神である五十鈴《いすず》神社の参道に建てられた岩屋に集まり、そこで六日間、精進料理を口にしながらお籠もりをする。岩屋には風呂釜もあり、朝夕二回、それに入る。

そうして充分に身を清めた後、赤松の枝の先を削って尖らせた「神木」を持ち、害鳥を追い払うための「唱え言」を詠唱しながら、集落の家々を回るのだ。

近年は岩屋が経年劣化し、安全面での不安が生じたため、子どもたちは神社内の集会所に寝泊まりするそうだ。それでも「えんずのわーり、とーりょーば」などという唱え言の文言など、ほとんどの形式は昔と変わらずに継承されている。


「五年くらい前、まだ仙台に住んでいた頃、彼氏と月浜に行ったの。海水浴」

そう話すのは、いまは埼玉県に住むエリカさんというアラサー女性。月浜海岸は宮城県でも有名な海水浴場の一つで、毎年、夏は多くの人でごった返す。

「その帰り道に、えんずのわりの岩屋を覗きに行ってみたんだよね」

エリカさんの母方の祖父は、月浜の出なのだそうだ。

「おじいちゃん、子どもの頃、その岩屋に籠って、夜中まで友だちとたくさんおしゃべりしたんだって。それが最高の思い出だって、何度も聞かされた」

だから、写真でも撮って帰ってあげたら喜ぶかなと思って、と言うエリカさん。彼氏の運転で車を走らせ、岩屋のある五十鈴神社へと向かった。

「まぁでも、岩屋の一部は資料館になっていて、おじいちゃんがお籠りしたっていう時代の雰囲気はあまり感じられなかったなぁ」

岩屋の周囲を数か所、適当にデジカメで撮影し目的は果たしたが、そろそろ帰ろうかという段になって、同行の彼氏が、ひゃあとまぬけな声を上げた。

「どうしたの？　って聞いたら、鳥のフン」

彼氏の茶髪の後ろ髪に、白いフンがべったりと付いていた。彼氏はかなり苛立った様子でブツブツと文句を言いながらポケットティッシュで髪を拭った。

「鳥のやつ、マジでえんずのわりだね、なんて冗談言って。ふと空を見上げたら」

一羽の真っ黒い鳥が低空で旋回していた。エリカさんは鳥にまったく詳しくなく、種類まではわからなかった。カラスではなく、スズメに似た黒い鳥だったという。

エリカさんは何げなく、デジカメを向けた。ついでに一枚という軽い気持ちだった。

しかし、そこでエリカさんは「あれっ？」と首を傾げた。

黒い鳥が、くちばしに何かくわえているのが見えたのだ。

目を凝らしてよく見てみると、それは、人間の親指だった。

エリカさんは、ひぃっと情けない声を上げて、彼氏の胸に飛び込んだ。

「彼氏が、どうしたんだよって言いながら、背中をなでてくれたんだけど……」

いつもと少し感触が違うと思い、エリカさんは彼氏の手を見た。

彼氏の右手には、親指がなかった。

エリカさんは思わずギャァァァと大きな悲鳴を上げ、一瞬、意識が遠のいた。

ハッと我に返ると、彼氏が心配そうな顔で、頭をなで続けてくれている。

もう一度、彼氏の手を見ると、今度は親指がちゃんとあった。

「ホッとして。でも、何となく気持ちが盛り下がっちゃったから」

験直しのつもりで五十鈴神社を参拝し、お社に手を合わせ、祖父から聞かされたことのある鳥除けの文言を、おぼろげな知識のままに唱えた。

「えんずのわーり、とーりょーば。えんずのわーり、とーりょーば、って」

気が付くと、例の黒い鳥の姿はどこにも見えなくなっていた。そのあとは、何事もなく仙台の自宅まで辿り着いたという。

ところが、その数日後、信じられない事態に見舞われた。

「彼氏が職場で……、指、吹っ飛んじゃって……」

彼氏は自動車の整備工場に勤めていたのだが、機械の操作を誤って、右手の親指を切断する大怪我を負ってしまったのだ。

先日の一件は悪い暗示だったのかと思い、エリカさんは真っ青になった。

あわてて、彼氏が搬送された病院へと向かった。病院に着くまでの間、小声で、

「えんずのわーり、とーりょーば。えんずのわーり、とーりょーば」

ずっとそう唱えていたという。

「でもね、結果から言うと、助かったんだよ。親指、ちゃんとつながって」

職場の同僚たちの対応が迅速かつ適切だったため、彼氏の親指は無事、手術が成功して元どおりになったそうだ。

「だからね、私、思ったの。あの時、ちゃんと神社にお参りして、鳥除けの呪文を唱えたから神様が助けてくれたんだって。あの黒い鳥を追っ払ってくれたんだって。私が呪文を知らなかったら、マジでヤバかったよ」

何事も信じておくもんだねぇ、とエリカさんは静かにつぶやいた。

なお、月浜のえんずのわりは、二〇二三年の時点で、少子化のため休止されている。

エリカさんは「おじいちゃんが元気なうちに再開してほしいな」と望んでいた。

黒猫の祟り（徳島県徳島市／王子神社 例大祭）

徳島県立図書館のすぐ隣に王子神社は建っている。

少し長めの石段を登り、鳥居をくぐって拝殿に入ると、参拝客はたくさんの可愛らしい招き猫たちに出迎えられることになる。

この神社は、地元の人から「猫神さん」と呼ばれて親しまれている。その背景は、江戸時代にまでさかのぼる。

今から三百数十年前の貞享《じょうきょう》年間のこと。徳島藩加茂村の庄屋・惣兵衛《そうべえ》が、不作に苦しむ村を救うため、とある富豪から借金をした。惣兵衛は期限どおりに返済したのだが、富豪側の策略により、担保の土地を取り上げられ、失意のうちに病没してしまった。

これに納得できない惣兵衛の妻・お松は奉行所に訴え出たが、奉行の長谷川某は庄屋に買収されていたようで、不当な裁きを下してお松を退けた。

お松は最後の手段として、藩主に直訴をするが、当時の規則では直訴は死刑だ。訴えは取り上げられず、お松は法律どおり、刑場の露と消えた。その際、お松の愛猫で、お松を守ろうと抵抗した三毛猫のお玉も、一緒に切り捨てられてしまった。

しかし、その直後から、富豪と奉行の家では「化け猫を見た」という声が相次ぎ、原因不明の病で亡くなる人が続出した。やがて、両家はすっかり没落し、阿波の人々は「これは化け猫の祟りだ」と噂し合った。

祟りを恐れた奉行の長谷川家は、王子神社にお松とお玉の霊を祀った。

それが時代を経るうちに、化け猫の話はいつしか「願い事を叶えてくれる猫神さん」に変化して、地域住民の信仰の対象となったのだ。

王子神社には、現在もお松とお玉を大明神として祀る祠があり、さらに、数匹の飼い猫たちが境内をのびのびと歩いている。ここはまさに「猫神さん」の神社なのだ。

「その王子神社の夏祭りの日でした。ええ、いまでも忘れられません」

そう言って重い口を開いたのは、Aさんという人物だ。Aさんは、名前も年齢も住所も性別さえも一切伏せるという条件で、今回、話を聞かせてくれた。

ある年のこと。Ａさんは友人に誘われて、王子神社の夏祭りを訪れた。本当は行きたくなかったが、付き合いでしぶしぶ同行したそうだ。

「ふらっと歩いて行けるような近所ではないんですよ。わざわざ乗り物に乗って行くのが面倒臭いなと思ったんですが、気分転換になるかなと思って……」

当時、Ａさんは受験生で、大きなストレスを抱えていた。直前に実施された模擬試験で結果が振るわず、親からも担任教師からも志望校を下げるように提案されていた。

「自分が全否定されているように感じてしまって。そんな状況なのに、勉強をサボりがちな自分の根性無しにも嫌気が差していて」

さらに言うと、この数日前、Ａさんは失恋していた。長年ひそかに片想いしていた相手に恋人がいると判明したのだという。

思春期特有の鬱屈、と言ってしまえばそれまでだが、その頃のＡさんはひどく暗い感情を内側に溜め込んでいたのだ。

王子神社の夏祭りはにぎやかに盛り上がっていたが、その明るさが、かえってＡさんを苛立たせた。たまたま覗いた奉納演舞で、旧友が堂々と舞台を務めていたことも、言葉にならない焦燥感につながった。

「みんな、それぞれ立派に生きているのに、自分だけが何だかみじめで……」

気分転換どころか、かえって気が滅入ってしまったのだという。

やがて祭りは終わり、Aさんは友人と別れて帰途に就いた。

自宅近くの路地裏まで戻って来たところで、ふいに、一匹の野良猫と出会った。

「まだ仔猫でした。真っ黒で、瞳が異様に光っていて」

その時、Aさんには、なぜかその黒猫が、大嫌いなクラスメイトの顔に見えた。

Aさんは足元に落ちていた石を拾い、衝動的に黒猫に投げ付けた。

「普段なら、絶対にそんなことしません。あの時は、どうかしていたんです」

石は黒猫の顔に当たった。黒猫は体をおかしな角度に捻じ曲げ、フーッと威嚇するように鳴くと、Aさんに反撃してきた。

「ふくらはぎを、ひっかかれて」

白い素肌から血がツーっとこぼれた。Aさんは頭にカッと血が昇った。足元の石を再び拾うと、それを至近距離から思いきり黒猫の頭に投げ付けた。

「そこから先は……いまでも、自分の行動とは思えなくて……」

Aさんはうつむいて、ギュッと目を閉じた。

端的に言うと、Aさんはその黒猫を殺してしまったのだ。

どのように殺したかについて、Aさんはぽつりぽつりと具体的に語ってくれたのだが、ここでは割愛させて頂く。

いずれにせよ、Aさんが冷静さを取り戻した時、その目の前には、顔がグシャグシャにつぶれた黒猫の死体が転がっていたという。

「興奮が冷めたら、だんだん怖くなってきて……」

野良猫であっても、動物を殺害することは、れっきとした法律違反だ。むしろ、犬や猫が殺された場合、警察は、犯人のターゲットが人間へとエスカレートすることを警戒し、かなり力を入れて捜査をする。Aさんには、その知識があった。

このまま黒猫の死体を放置して逃げたら、何かのきっかけで自分が犯人だとバレるかも知れない。

「そうなったら、もう人生おしまいだと思って……」

あたりに誰もいないことを確認すると、Aさんは羽織っていた薄手の長袖を脱ぎ、それで黒猫の死体を包んで両手に抱え、自宅まで走った。

玄関より先に庭へ行くと、花壇の中に死体を一旦隠した。

それから洗面所へ駆け込み、両手両腕を石鹸で洗いながら、二回吐いたという。

「家族が寝静まった後、園芸用のスコップを持って、改めて庭に出ました」

庭の、道路に面していない側の隅に穴を掘ると、上着ごと黒猫をそこに埋めた。

「ここしか、隠す場所を思い付かなくて。気味が悪かったけど、一番見つかる心配がないのは絶対に自宅だから」

熱いシャワーを頭から浴びて、すぐにベッドにもぐり込んだ。

興奮と後悔でなかなか寝付けないだろうと思っていたが、すぐに強烈な睡魔に襲われ、むしろ、いつもよりぐっすりと眠れたという。


奇妙なことが起きたのは、翌朝からだった。

「食卓に行くと、母がひどい寝不足の顔をしていて」

どうしたのかと問うと、Aさんの母親は顔をしかめて答えた。

「猫の鳴き声がうるさくて一睡もできなかった、って」

Aさんは顔色を失った。頭の中に「猫の祟り」という言葉が浮かび、そんな非科学的なことがあるものかとすぐに打ち消した。

だが、その後も、猫の鳴き声は続いた。

母親だけでなく、他の同居家族も次々と被害を訴えていた。

「でも、私にだけは、なぜか聞こえないんですよ」

母親によれば、ケンカをしているような怒った鳴き声だったという。

また別の家族によれば、悲しんだり苦しんだりしているような鳴き声だったと。

どちらにせよ、Aさんには一切聞こえなかった。

「その一方で、私はあの日以来、なぜか毎晩眠りがとても深くて」

日付が変わる前に寝てしまい、そのまま朝まで起きない。ただ、長い時間寝たとは思えないほど目覚めは不快で、口が苦く、体も一日中重たい。

Aさんとは対照的に家族の寝不足は連日続いた。特に母親はほとんど眠れないらしく、目の下に濃いクマを作り、次第に痩せてきた。

「そのうち、母が『家の中で黒猫を見た』と言い出して……」

台所で夕飯を作っていた際、足元に黒猫がいたと言うのだ。

寝不足のせいで幻覚まで見えちゃったわよ、と母親は自嘲気味に笑ったが、Aさんにはそれが幻覚だとは思えなかった。

母親の異変は、明らかに自分が死体を埋めてからだ。

あの黒猫が、自分ではなく家族に祟ろうとしている。

そう考えたAさんは意を決し、黒猫の死体を掘り起こすことにした。

このまま放っておいたら、母親が病気になってしまう。ひとまず、埋める場所だけでも変えなくてはと思ったのだ。

その日の深夜、Aさんは睡魔をこらえながら庭に向かった。

先日死体を埋めた場所を懐中電灯で照らしながら、スコップを突き立てる。

だが、埋めた場所に死体がない。

Aさんは混乱した。あれはたかだか数日前の出来事で、さして広い庭でもない。目印を置いたわけではないが、場所を間違えるはずなどない。

念のため範囲を広げて、さらに何箇所か掘ってみたが、やはり見つからない。

「何だかもう、わけがわからなくて……」

熱帯夜の八月だ。土を掘り続けていたら、クラクラとめまいがしてきた。

これ以上、作業を続けるのは無理だと感じ、Aさんは家の中に戻った。自分の体が異常に汗臭い。違和感を覚え、自分の脇の匂いを嗅いだ。

「汗臭いんじゃなくて、何だか獣臭かったんです」

あわてて浴室に行こうとしたが、その時、台所から声が聞こえた。

ニャオォォォ、ニャオォォォ、ニャオォォォ。

それは間違いなく、猫の鳴き声だった。

「ついに私にも聞こえてしまった、と思って……」

体は恐怖で強張っていたが、足は自然と台所に向いた。近付くにつれて、
ニャオォォォ、ニャオォォォ、ニャオォォォ。

鳴き声はいっそう大きく聞こえてきた。とても悲しい鳴き声だった。

おそるおそる、電気の付いていない台所を覗き、懐中電灯の明かりを向ける。

その光の輪に浮かんだのは、母親だった。

母親が、ニャオォォォ、ニャオォォォと鳴きながら、床に這いつくばり、テーブルの足をベロベロと舐めていた。

Aさんは声にならない悲鳴を上げ、台所から駆け出した。

「もう、何もかも見なかったことにして、早く眠ってしまいたいと」

現実逃避だったが、事態を真正面から受け止める余裕はなかった。

震える足で階段を上り、自分の部屋のドアを開ける。

ベッドの上に、顔のつぶれた黒猫が横たわっていた。

Aさんは完全にパニックになり、部屋を飛び出した。だが、足首におもりを付けられたかのように体が前に進まない。心臓は破裂しそうなほど高鳴っており、のどの奥からは、ピューピューという変な音が漏れていた。

「それでも、懸命に足を動かして階段を下りようとしたんです」

次の瞬間、強烈な痛みを感じて、Aさんは足元を見た。

ふくらはぎに、黒猫が噛み付いていたという。

「ギャーッと悲鳴を上げて、その勢いで、そのまま……」

Aさんは階段から転げ落ち、意識を失った。

次に目が覚めた時は、病室だった。

「階段から落ちた私を、母がすぐに見つけて、救急車を呼んでくれたみたいで……」

母親によれば、Aさんは大声で「ニャオォォオ、ニャオォオォ」と叫びながら、階段の下に倒れていたのだという。

「入院中、母にだけ本当のことを話しました」

泣きながら罪を告白したAさんを、母親は優しく抱きしめてくれた。

退院後、二人で改めて庭の片隅を掘ると、腐乱した黒猫の死体が出て来た。

「どうしてあの夜は見つからなかったのか、いまでもわからなくて」

木箱に死体と消臭剤を入れると、母親の運転する車で、自宅から二時間ほど離れた場所にある某寺を訪れた。

「知る人ぞ知る動物供養のお寺みたいです。私は詳しいことは知りません」

母親が住職にどう説明したのかも聞いていない、とAさんは首を振る。

住職は黒猫の死体を火葬すると、Aさんと母親を本堂に招き入れ、そこで一時間以上、経を上げたという。

「それ以来、特に恐ろしいことは何も起きず、穏やかに日々を過ごしています」

そうは言うものの、Aさんは階段から落ちた時の怪我がもとで、顔の一部に、一生残る傷跡を負ってしまった。

「ドーランを塗っていれば、他人は気付かないと思いますよ。そこまでひどく目立つものじゃないですから。自分では、もう慣れました」
これは私の罪の証ですからね、とAさんは低い声でつぶやいた。
いまでも、某寺には毎年欠かさず、母親と二人で定期的にお参りしているという。
そんなAさんは最近、猫を飼い始めた。
近所の公園で拾った野良猫だそうだ。
「何だか無性に飼いたくなってしまって……。気が付いたら、家に連れ帰ってました」
すごく可愛い黒猫なんですよと、Aさんは幸せそうに笑った。

見間違え（秋田県男鹿《おが》半島／ナマハゲ）

秋田のナマハゲは、よく「鬼」と勘違いされる。

たしかに、あの恐ろしい面や角だけを見れば鬼や妖怪の類に思えてしまうのだが、実際は神様、もしくは神様の使いとされており、もともとは信仰の対象だった。

大晦日の夜、ナマハゲは、ワラで作られたゲテと呼ばれる衣装をまとい、出刃包丁を手にして集落の民家を一軒一軒訪ねて回る。そこで、住人たちの悪事に訓戒を与えながら、一家の無病息災や豊漁豊作をもたらしてくれるのだ。

もともとは、冬の間、仕事をサボって囲炉裏や火鉢の前に一日中座っているような怠け者を戒めるのがナマハゲの役割だった。火に長く当たり過ぎていると低温火傷を起こし、足に「なもみ」というかさぶたができる。それを包丁やノミで剥いでくれるのだ。なもみを剥ぐから、なもみはぎ。そこから転じて、ナマハゲと呼ばれるようになった。

泣く子はいねがー、悪い子はいねがーという決まり文句は、あまりにも有名だ。

「子どもの頃は本気でおっかなかったですよ、ナマハゲ。顔もそうだし、声もデカいし。毎年、ナマハゲが来るっていうと、わあわあ泣き叫んでいましたよ」

なつかしそうにそう振り返るのは、男鹿半島の某地区出身の田川さんだ。

「私が小さい頃は、毎年、赤いナマハゲと青いナマハゲがペアで現れてね」

田川さんの故郷では、赤い方をじい様、青い方をばあ様と呼んでいたそうだ。

「うちにだんだん近付いて来る音が、遠くから聞こえるんですよ」

ワラがガサガサとこすれる音や、長靴でザックザックと雪を踏みしめる音がじわじわと迫ってきて、怖さを増幅させたという。

田川さんはトイレやこたつの中に隠れるが、すぐに見つかってしまう。そして、

『おまえは今年、こんな悪いことやあんな悪いことをしただろう』

と叱られるのだ。その指摘はすべて当たっていて、田川さんは震えあがったという。

「今となっては、うちの親とナマハゲとが事前に打ち合わせしてだってわかるけど、当時はわがらねぇから。みんなお見通しなんだ、やっぱし神様なんだって、信じでだ」

時折、秋田なまりを覗かせながら、田川さんは楽しそうに回想する。

男鹿で生まれた者ならば「悪いことをするとナマハゲに山へ連れて行かれるぞ」と親に叱られた経験をみんな持っているそうだ。ナマハゲの怖さが染み付いているから、それで親の言うことを聞くようになるという。

「だけどね。一度だけ、不思議なナマハゲに会ったんですよ」

それは、田川さんが小学校一年生の時の大晦日だった。

すでに過去数回のナマハゲ来訪を経験していた田川さんは、以前に比べれば落ち着いた心持ちで、その年のナマハゲを待っていた。もう小学生なのだから、怖くても大声で泣きわめくような無様な真似はするまい、というプライドのようなものもあった。

「たしか、その年はどこにも隠れなかったと思う。母ちゃんの横で、じっと座って待っていた気がします。緊張しながらね」

ところが、夜が更けてもナマハゲはやってこない。

普通の日なら、とっくに布団の中にいる時間になっていた。田川さんは「去年はこんなに遅くなかったのになぁ」と不思議がりながら、眠い目をこすり、テレビから流れてくる歌謡曲を聞いていた。

しばらくすると、玄関の引き戸が音もなくスーッと開いて、ずいぶんと小柄なナマハゲが姿を現した。田川さんはその時点でアレっ？　と思ったという。

「ナマハゲって普通はもっとうるさいんですよ。ウォーウォー吠えたり、ドスドスと四股を踏んだり。でも、そのナマハゲはやたら静かで」

加えて、赤と青がペアでやってくる例年と違い、一人だけでの訪問だった。真っ赤な顔をしてはいるが、例年よりも表情がずいぶんと柔和に見えた。

田川さんはいつもとは違う不思議な緊張感を覚えつつ、ナマハゲと対峙した。ナマハゲがボソボソと低い声でしゃべり始める。

「今年の私の悪事を指摘し始めました。それは例年どおりのことなんですが……」

違っていたのは、その指摘が一つも当たっていないことだ。

イタズラで冷蔵庫に虫を入れたな、友だちから借りた本を返していないな、幼なじみの女の子の髪を引っ張って泣かしたな。

そのどれもが、田川さんにはまるで心当たりのない話だった。

戸惑った田川さんは、助けを求めるように横の母親をちらりと見た。

「そしたら、母ちゃん、泣いてたんですよ。声を噛み殺すようにして」

田川さんはますます戸惑い、母親とナマハゲとを交互に見ることしかできなかった。

そして、次の瞬間、ナマハゲは煙のようにスーッと消えてしまった。

呆然としながら母親の手を握ると、母親は小さく首を縦に振りながら、田川さんの手を握り返し、涙を拭いながら答えた。

「さっきのは全部、おまえのお兄ちゃんのことだよ、って」

田川さんは部屋の片隅に目をやった。そこには小さな仏壇があった。

「私が生まれる前に亡くなった兄です。生まれつき、体が弱かったらしく」

母親によれば、ナマハゲが語ったのは、兄が亡くなった年のエピソードだという。

田川さんはちょうど、兄が亡くなった時と同じ年齢に達していた。

「あの子がいまもお前を見守ってくれているんだよ、だから、ナマハゲさんはお兄ちゃんとおまえを見間違えちゃったんだ……って。母ちゃん、泣きながら笑ってでだなぁ」

田川さんは兄の仏壇に向かって「いつもありがとう」と礼を言ったという。

「けれど、いまでも二つ、疑問が残っているんですよ」

ピースサインのように指を二本立てて、田川さんが言う。

一つは、あの時の小柄なナマハゲが、どうして兄が亡くなった年にしでかした「悪事」を知っていたのかという点だ。

「母ちゃんは、誰にも話したことがないエピソードだって言うんです」

それと、もう一つ。

「あの小柄なナマハゲ。中に入っていたのが誰だったのか、いまもわからないんです」

後年、田川さんの母親が「その節は粋な計らいをしてくれてありがとう」と自治会に礼を言いに行ったことがあった。

だが、ナマハゲ役を務める会員たちは皆一様に首を傾げ、その年は誰も田川家を訪れていない、と答えたのだ。

「もう母ちゃんも亡くなりましたんで、真相は藪の中です。でも……」

あれは正真正銘、本物のナマハゲだったって、私はそう信じてますよ。

田川さんはそう言って、満足げな表情を浮かべた。

女人禁制（宮城県気仙沼市《けせんぬま》／羽田《はた》神社のお山がけ）

羽田山は、さんま漁で有名な宮城県気仙沼市にある。太平洋上からも姿が見える山で、はるか昔より霊山として地元の漁師たちから信仰を集めてきた。

その中腹には羽田神社が建っており、長い石段を登って拝殿まで辿り着くと、太郎坊・次郎坊と呼ばれる二本の大杉が出迎えてくれる。ともに樹齢は千年。見る者すべてを圧倒する大樹だ。県指定の天然記念物でもある。

この羽田神社で毎年九月に催されているのが「お山がけ」という神事だ。数え年で七歳になった男子が、一人前の大人の男になるための通過儀礼として羽田山を登るのだ。江戸時代から四百年以上に渡って続く伝統行事である。

「俺も七つの時、参加したんだよ。もう半世紀以上も前になるなぁ」

いまは千葉県に住んでいる石田さんが、緑茶をすすりながらそう語り出した。

「昔は『子どもは七つまでは神様からの預かりもの』って言われてたんだ。だから、七歳でやっと人間になれて、その感謝を山の神様にお伝えするための行事なんだと」

じいさんから聞いた受け売りだけどよ、と石田さんは豪快に笑いながら言う。

その石田さんは、かつてお山がけに参加した際に不思議な体験をしたそうで、あれからだいぶ時を経たいまでも、そのことをたまに思い出すという。

「朝の八時頃、神社の境内に集められてさ。俺の代は、あれ何人くらいいたんだろうね。三十人くらいだったかな。もっといたような気もするな。宮司さんから鉢巻とか白い羽織とか杖なんかを受け取ってさ、何組かに別れて順番に登るんだよ」

ちなみに、このお山がけには、父親が子どもに同行してはいけないという規則がある。子どもの甘えを断つため、あえてそうしているのだそうだ。

とはいえ、大人の付き添いがないのは危険だから、おじや祖父など男性の親類がその任を代行する。

「俺には母方のじいさんが付いてきた。じいさんはそれほどタフな方じゃないから、一番後ろの並びにしてもらってたね」

集団の最後尾を石田さんと祖父は進んだ。道中には、傾斜が四十度のきつい坂もあったそうだが、普段から山道を走り回っていた健康優良児の石田さんは苦にしなかった。杖を刀のように振り回し、石を蹴飛ばしながら歩いていると、少し離れた藪の中から、ガサガサ、ガサガサという音が聞こえた。

「何だろうと思って見たら、子どもが一人、隠れてたんだよ」

先行グループの誰かが、付き添いの大人とはぐれてしまったのではないかと思った石田さんは、小走りで藪に近寄った。

「おーい、どうしたー、って声かけて。そしたら」

そこにいたのは、同じ町内会に住む幼なじみの、みっちゃんだった。

「こんなとこで、一体何してんだぁと思って」

そこで石田さんはハッと気付いた。このお山がけは女人禁制の行事だった。

「そうか、みっちゃんは女の子だから参加したくてもできなかったのか。でも、みんなと一緒にお山がけしたくて、こっそり付いて来ちまったのかと。そう理解したんだ」

みっちゃんはお転婆娘で、石田さんたち男の子に混じって、一緒に仮面ライダーごっこをしてよく遊んでいたそうだ。

だから、石田さんは、みっちゃんに目配せし、人差し指を自分の鼻に当ててみせた。

「俺、大人たちに言わねぇからよ、黙っててやるからよって合図して」

それを見たみっちゃんは嬉しそうに笑い、再び、藪の中に小さく丸まった。

石田さんは、みっちゃんと共犯関係になったようで、高揚感を覚えたという。

しかし、登頂を終え、下山して神社まで戻ってくると、一転して不安になった。

「みっちゃん、いつまであの藪の中にいるのかな？　暗くなったら、一人ぼっちであの山から降りて来るのは危ねぇぞ、と思ってなぁ」

悩んだ末に、石田さんは、みっちゃんがまだ山にいると祖父に打ち明けることにした。

約束を破ることになるが、背に腹は替えられないと思ったのだ。

「そしたら、じいさん、俺のことじっと見てさ、静かに首を振るんだよ」

叱られるのかなと思い、石田さんは祖父の怒声を覚悟して待った。

だが、祖父から石田さんにかけられたのは怒声ではなく、優しい声だった。

「いいか、よく聞けよ、みっちゃんはもういねぇんだ。残念だけどよ、みっちゃんはもう死んじまっただろう。そう言われたね」

それを聞いた瞬間、石田さんは頭を殴られたような揺れを感じた。

「ああ、そうだった。みっちゃんは去年、病気で死んじまったんだって思い出したんだ。いるわけないいんだよ、みっちゃん。どうして忘れていたのか意味がわかんなくて。だって俺よ、みっちゃんの葬式に出て」

たくさんたくさん泣いたんだよな、と石田さんは声を少し詰まらせた。

「その次の日だったかな。俺、じいさんと一緒に、みっちゃんちに行ってよ」

仏壇に線香をあげて、そっと手を合わせて来たそうだ。

「俺、帰り道、じいさんに聞いたんだ。いま、みっちゃんはどこにいるのかなって」

神様のもとに帰ったんだよ。

祖父はとても優しい声で、そう答えてくれたという。

「来年なぁ、孫が数えで七つになるんだ。一人娘が早くに産んだ男の子だよ」

石田さんはスマホの中の孫の画像を見せながら、嬉しそうな顔でそう話す。

「できれば、お山がけに参加させたくてなぁ」

当然、その際は自分が付き添うつもりだと石田さんは胸を張った。

トシノヨの厄落とし（山口県萩市／節分の厄落とし）

山口県萩市では、昔から二月の節分の日を「トシノヨ」と呼んでいる。

トシノヨとは漢字で書けば「年の夜」であり、古い年と新年とのつなぎ目のことだ。

一般的には「年の夜」とは大晦日のことを指すが、この地域では、節分の夜こそが年の替わり目である、という意識が歴史的に根付いているという。

そのせいか、地元の神社に寄せられる厄除祈願の依頼は、正月よりもむしろ、節分の日に多いそうだ。

一説によれば、節分に厄除けを行うことは、古代神道の信仰のなごりだという。

「萩には、お寺や神社での厄祓い以外にも、独特の厄除けの風習があるんですよ。厄年の人がする厄除けが」

そう教えてくれたのは、久美子さんという萩市出身の二十代の女性だ。久美子さんが高校生三年生だった年のある日、同居する祖母から、

「あんた、今年は女の厄年だわね。厄落としはどうするの?」

と尋ねられた。満十八歳は数えの十九歳。女性の厄年だ。

「この厄落としっていうのが、地元に伝わる風習のことで」

節分の夜、厄年の者は、自分の年齢と同じ数の豆を紙に包んで四つ角まで出向き、そこで背中越しに豆をわざと落としてくる。そして、背後を振り返ることなく帰ってくれば、厄が落ちている……というものだ。

四つ角はこの世とあの世の境目であり、豆を落とすことで疑似的な死と生まれ変わりを表現しているのだと、久美子さんは祖母から説明された。

「たしかに、子どもの頃から節分の翌朝には、道端でつぶれた豆をよく見ましたね」

とは言えあくまでも古い風習の話だ。必ずやらねばならない義務もないし、両親が厄年の時にこれをしていた記憶もない。

「でも、ばあちゃんがやってほしそうに私を見つめるから。まぁ、祖母孝行だと思って、やろうかなと」

そうして迎えた節分の夜。久美子さんは日付が変わる直前に家を出た。

「私、真面目な子だったから。こんな遅い時間に一人で出歩いたことなくて」

心細さを感じながら、家から一番近い四つ角へと向かう。数日前に降った雪が、電信柱の陰で汚れた塊となり、まだ残っていた。

四つ角に着くと、交叉の真ん中に立ち、豆を包んだ紙袋を背中越しに落とした。

たいした重さではないはずなのに、ドサッという異様に大きな音があたりに響いた気がして、久美子さんは薄気味悪さを覚えた。

早く帰ろうと思い、久美子さんがクルリと踵を返した、まさにその時だった。

「コツコツコツって。重たいブーツみたいな足音が急に聞こえてきて」

久美子さんは背後を確かめようとしたが、祖母から言われたことを思い出した。

家に帰るまで振り返ってはいけない。

それが、この厄落としの決まり事なのだという。規則を破ればどうなるのかは、さすがに怖くて聞けなかったそうだ。

振り返りたい衝動を懸命にこらえて、久美子さんは歩を速めた。

だが、それと比例するように、コツコツコツという足音もスピードを上げる。

コツコツ、コツコツ、コツコツコツコツ。

最後には自分の心臓の音と、区別が付かなくなったという。

息を切らして家に帰ると、祖母がこんにゃく入りの味噌汁を作って待っていてくれた。

こんにゃくには毒消しの意味があるそうだ。

「ホッとして、ばあちゃんにさっきの足音のことを話したんです」

すると、祖母は、にんまりと笑みを浮かべた。

「良かった良かった、あんたの厄はきれいに落ちた、これでしばらくは無病息災だわね。

そう言って、私の頭を何度もなでてくれて……」

どういうこと？　と聞いても、祖母は頷くばかりで何も教えてくれなかった。


翌朝、久美子さんはゆうべの四つ角に行ってみた。

落としてきた紙包みは、そのままの姿で道に転がっている。

「何となく気になって、包みを開いて、豆の数を数えてみたら……」

十九個入れたはずの豆は、十五個しか入っていなかったという。

桜の下の美女（埼玉県川越市／小江戸川越春祭り）

川越は江戸情緒を色濃く残す蔵造りの町並みから、小江戸とも呼ばれている。

その川越で、桜が咲く季節からゴールデンウィークにかけて行われるのが、小江戸川越春祭りだ。街頭での時代劇など出し物やイベントが多く、駅前から続くメインストリートには、いつにも増して観光客が集まってくる。

なお、川越と言えば氷川神社と熊野神社という二つの古社が有名だが、両社に共通しているご利益は、縁結びである。いずれも「効果が高い」と昔から評判で、地元住民からは厚い信仰を受けているという。

「だからってわけじゃないですけどね、毎年、春祭りの時は友だちと菓子屋横丁の方まで繰り出してましたよ。ええ、ナンパ目的です」

川越に実家があるという若手サラリーマンの本多さんは、屈託なくそう語る。

いまから五年ほど前。その当時の本多さんは茶髪にピアスのちょっとチャラい大学生。高校時代の仲間と連れ立って、駅前をよくふらついていたという。

「東京や横浜あたりから来る、若い女子だけのグループ。狙い目ですね。ソフトクリームとかを立ち食いしてる子たちが、特に狙い目です」

これでも二度か三度は良い思いをしたことだってあるんですよ、と得意げな顔を見せる本多さん。だが、あいにくその年の春祭りは収穫ゼロだったそうだ。

「三日ほど続けてチャレンジしてたんですけどね、ちっとも上手くいかずに連戦連敗」

結局、三日目の夜にはナンパをあきらめ、男たちだけでカラオケボックスに移動して、酒を飲みながら失恋ソングを唄いまくっていたという。

夜もだいぶ更けて、馬鹿騒ぎもようやくお開きとなった。

ＪＲの駅前で悪友たちと別れた後、本多さんは川越氷川神社の裏手の新河岸川沿いを、自転車で走った。本多さんの実家はここから少し離れた住宅街にある。

「川沿いの桜が見事に満開でしたねぇ」

川の水面には散った花びらが無数に浮かび、小舟のように静かに漂っていた。

「ガキの頃から何度も見ている景色ですけど、それでもやっぱり見惚れちゃいますよね。川越最高だぜ、みたいな」

思わず鼻歌が飛び出したところで、すぐ側の桜の木に一人の女性がもたれかかっているのが見えた。本多さんは、とっさにブレーキを握った。

「その女の人、酔っぱらっているように見えたんですよね」

顔はよく見えないが、髪の長い、着物姿の女性だった。高い下駄を素足に履いている。

「襟元がちょっと着崩れていて。まぁ、ぶっちゃけ、隙があるように見えたんですね」

本多さんは自転車を降り、女性に近付いた。もし酔っているのなら介抱してあげようという親切心が半分。どさくさまぎれに連絡先を聞き出せないかという下心が半分だった。

「もしもーし、大丈夫ですかー？　って声を掛けた、その瞬間」

着物姿の女性は、綿あめが水に溶けるようにスーッと消えたという。

本多さんはポカーンとして、しばらくその場に立ちつくしていた。

すると、背後にフラフラっと野良猫がやって来た。

野良猫は桜の木を見上げた途端、フギャーフギャーと狂ったように鳴き出し、根っこの周りをつむじ風のようにグルグルと走り回った。

本多さんは怖くなり、全速力で自転車をこいで帰宅したという。

「二十二年、川越に住んでましたけど、後にも先にもそういう体験をしたのは、あの一度きりです。何だったんですかねぇ、あれは？」

本多さんはいまでも夜桜を見ると、あの時の着物の女性を思い出す。

「めちゃくちゃ美人でした。はっきりと顔は見ていないはずなのに、なぜか、その印象がすごく頭に残っているんです」

またどこかで会えないかなぁと言って、本多さんは顔をにやつかせた。

本多さんは社会人になったいまでも彼女の面影を求めて、時折、川越氷川神社にお参りをしながら、駅前でナンパを続けているのだそうだ。

大きな男（茨城県水戸市／風土記の丘ふるさとまつり）

ダイダラボッチは、巨人の妖怪として知られ、日本全国にその伝承が残っている。もともとダイダラボッチは、国づくりの神様として人々の信仰の対象だった。それが、時代が下り、信仰が薄らいだ後、巨人としての逸話だけが残ったと考えられている。

地域によってはデエダラボッチやダイダラボウなどと名称が変わるが、その巨大な手で山や沼地を作ったとされる伝承の中身自体はどこも似通っている。近年では、子ども向けのアニメやゲームにも頻繁に登場し、その認知度は抜群だと言えるだろう。

常磐自動車道を水戸ＩＣから大洗方面に四十分ほど走ると、大串貝塚ふれあい公園が見えてくる。そこで来訪者を真っ先に出迎えるのが、高さ約十五メートルの白い巨人像だ。

「ダイダラボウの像ですね」

スマホの画像を見せながらそう説明してくれたのは、黒川さんという三十代の男性だ。

十年ほど前、黒川さんは職場の同僚であるAさんと交際していた。Aさんは水戸市内の実家暮らし。黒川さんは埼玉北部に住んでいたから、週末のデートは郊外へのドライブが多かったそうだ。

ある秋晴れの日。黒川さんはAさんを助手席に乗せ、大串貝塚公園で開かれている地域のまつりを見物に来た。風土記の丘ふるさとまつりだ。大規模なまつりではないが、木工細工や勾玉作りの体験ブースを二人で回るなどして、穏やかな休日を満喫した。

「常陸風土記という奈良時代の書物に、この地域のダイダラボウ伝説が記されているそうです。山を両手で持ち運んだとか、丘に腰掛けたまま海岸の貝を食べたとか。いえ、ぼくは全然詳しくないです。彼女が教えてくれて」

Aさんの歴史好きで知的で一面を知り、ますます好きになったのだそうだ。

「でもね。そのまつり見物の後、おかしな人を見たんです」

まつりをひととおり見終えた黒川さんたちは、公園内を散策していた。

縄文時代の竪穴式住居が復元されたエリアをぶらぶらと眺め、次いで貝塚史跡まで足を伸ばそうとしたのだが、道を間違えて、その背後にある林道を進んでしまった。

「そうしたら、小さな神社の境内に出たんですよ」

公園に併設された神社のようだった。先導してきたAさんは、ごめんごめん間違えた、と言って頭をかいている。

黒川さんは、構わないよ、とAさんに言い、周囲を見回した。

生い茂る木々や雑草が、いかにも鎮守の森といった雰囲気を醸し出している。

「その中に、やたら目を引く木があって」

それは、威風堂々たる椎の木だった。巨木と呼んでも差し支えのない大きさだ。

記念に一枚写真を撮っておこうと、Aさんを促して巨木の前に立たせた。

デジカメを構え、ファインダーを覗いた、まさにその時だった。

「その椎の木の裏側に、めちゃくちゃ背の高い老人がしがみ付いているのが見えて」

黒川さんはすっとんきょうな声を上げ、ファインダーから視線を外した。

しかし、肉眼で見つめた先には、誰もいなかった。

「身長三メートルはある、枯れ枝みたいに痩せたおじいさんでした。両腕を、ぐにょーんと木に巻き付けていて……ええ、絶対、あれはおじいさんでしたね」

Aさんにもそう告げたが、そんなおじいさんいるわけないでしょう、あなたの見間違えだよ、と一笑に付されただけだったという。

それから一年ほどして、黒川さんはAさんと別れてしまった。

「もちろん、その巨大なおじいさんとは何の関係もありません。彼女が浮気しましてね」

黒川さんはそう言って苦虫を噛みつぶしたような表情を浮かべる。

Aさんの浮気相手は、背が低い黒川さんとは似ても似つかぬ、身長二メートル近い大男だったそうだ。

出たい、出たい

（東京都荒川区某所／とある商店街の物産展）

世間には、宗教的な儀礼や祭祀を一切伴わない、純粋な地域おこしとしての「お祭り」も数多く存在している。むしろ、近年はそちらの方が多いかも知れない。

そうした「お祭り」であっても、その根底には家内安全や商売繁盛・五穀豊穣への祈りが込められていることがほとんどで、広義では「祭り（祀り）」であると解釈される。

ご当地の物産展やグルメ市のようなイベントは、まさにその好例であり、DNAレベルで日本人に深く染み込まれた、土地神信仰の一種と言えるかも知れない。

「数年前、商店街の物産展のライブコーナーに出演したんですよ」

そう切り出したのは、アイドル活動をしているスズさんという二十代の女性だ。

いわゆる地下アイドルで、事務所などには所属せず、ソロで様々なライブやイベントに出演し、自主製作のCDやグッズを物販しているという。

「私みたいなフリーの売れないアイドルでも出られるライブをネットで探して。見つけた一つが、その音楽ライブでした」

荒川区の某地域で、地元の商店街が定期的に主催していたイベントだという。食べ物やリサイクル衣服や古本など、様々なジャンルの出店がブースを並べるバザー的な催しで、そこに野外ライブコーナーを組み合わせた小規模なお祭りだった。

「そこで気持ち良く、唄っていたんですね」

平台を何枚か重ねただけの簡素な野外ステージだ。そこでスズさんは、流行りのアニメソングをダンスしながら唄っていた。お客さんもそれなりに入っており、手ごたえもまずまず良かったという。

ところが、そこで奇妙なことが起きた。

「出たい、出たいよ、っていう声が、どこかから聞こえて来たんです」

自分の次の出番の人が、背後の壁の向こうでつぶやいているのかとも思ったが、そんなつぶやき声が壁を突き抜けて自分の耳に入るとは考えにくい。いずれにせよ、それは雑音でしかなく、パフォーマンスの妨げとなった。

集中を乱されたものの、スズさんは何とかミスなく最後まで唄いきった。ペットボトルの水を口にしながら、何げなく背後を振り返ってみたが、誰の気配もない。

ただの空耳だったかと気を取り直し、スズさんは次の曲を唄った。八十年代に大ヒットしたアイドル歌謡曲だ。だが、しばらくするとまた、

「出たい、早く出たい、って。今度はステージの下の方から聞こえてきて……」

目立ちたがり屋の子どもが「自分にも唄わせろ」と駄々をこねているのかと思い、スズさんは客席を見回した。子どもの姿はちらほらあったが、スピーカーからは大音量で曲が流れており、客席の声がステージまで届くなど考えられない。

スズさんは持ち時間を終えてステージを降りた。何とも消化不良なパフォーマンスで、物販のグッズもほとんど売れなかったため、イライラばかりが募ったという。

やがて夕刻となり、お祭りは無事に終わった。

先程の声が気になったスズさんは、ライブの共演者や運営スタッフに質問して回った。

「出たい、出たいってうるさく言っている人、いませんでしたかって」

だが、スズさん以外は誰もそんな声は聞いていなかった。

不思議に思いながら、スズさんは他の参加者共々、会場の撤収作業を手伝った。

野外ステージを組んでいた平台の一つを、音響係の中年男性と一緒に運んでいた時だ。

またしても、どこかから例の声が聞こえてきた。

「ささやくような、かすかな声で、出たい、出たいよって」

その声は、いままさにスズさんが運んでいる平台の中から聞こえた気がした。

「まさかね、と思ったんですが、一応、確かめたくて……」

決して軽くはない平台をわざと高く持ち上げ、裏側をそっと覗いてみた。

そこに、小さな女の子が仰向けに張り付いていた。

白いワンピースを着たその女の子は、恨みがましい瞳でスズさんを見つめていた。

スズさんは悲鳴を上げ、平台を足元に落とした。平台の角が爪先を押し潰した。

音響係の男性が、危ないだろっ！　と怒鳴り声を上げる。スズさんは恐怖と足の痛みとで顔を歪ませながら「中、中、平台の中」とろれつの回らない口調で叫んだ。

しかし、男性が確認したところ、女の子など、どこにもいなかったという。

「あの時は固いブーツを履いてたんで、血豆ができたくらいで済みましたけどね。夏場で裸足にサンダル履きだったら、小指の骨がバキボキに折れてたと思いますよ」

スズさんは当時を思い出して、眉間にしわを寄せながら言う。

なお、そのイベントは、何回かのリニューアルやコロナ禍での休止期間を経て、現在も継続しているという。

「近々、またエントリーしようと思っているんです。あそこ、お客さんも結構来るし」

そう意気込むスズさんに、怖くはないのですか？　と尋ねてみると、

「全然。だって幽霊や怪奇現象なんかより、アイドル同士の妬み合い、足の引っ張り合いの方がよっぽど怖いですから」

とびっきりのあざといアイドルスマイルで、そう答えてくれた。

アニメのお面（東京都北区某所／とある団地まつり）

東京都北区は、昭和中期に多くの団地が建設されたエリアだ。

例えば赤羽台団地は星型の特殊な住棟配置で知られ、二〇一九年に国の登録有形文化財にも指定された。そういう大規模団地が、築五十年を超えていくつも現存している。

住民が多い団地では、夏に自治会の主催で「団地まつり」が開かれることも多い。

昼間は、近所の神社から神輿が出て、子どもたちがそれを担ぎながら地域を巡回する。

そして夜は、盆踊りやたくさんの出店で、祭りの喧騒を楽しもうという趣旨だ。

なお、神輿は言うまでもなく神様の乗り物で、神道の大切な祭祀の一部だ。神輿に乗った神様が地域に平和と安寧を施してくれるという意味を持っている。

何でもない小さなお祭りでも、その根底には伝統的な信仰が流れているのだ。

「私は、いわゆる団地っ子でしたね。北区の、割と有名な大型団地です」

現在は埼玉県で会社勤めをしているという孝子さんは、そう語り始める。

孝子さんの住んでいた団地では、子どもたちにふるさとをというコンセプトの下、毎年夏休みに自治会主導の団地まつりが開かれていたという。

「小さい頃はあんまり好きじゃなかったんですよ、団地まつり。だって、やぐらに広場が占拠されて、鬼ごっことかボール遊びができなくなるから」

孝子さんは苦笑しながらそう話す。

そんな孝子さんが、まだ小学校低学年だったある年。クラスの友人たちと一緒にまつり見物に出掛けたことがあった。

孝子さんたちは、親からもらったお小遣いを握りしめ、スピーカーから流れる盆踊りの古臭いメロディーに心を躍らせながら、屋台を次々と回った。

たこ焼きを食べ、ポップコーンを食べ、ヨーヨー釣りと射的で遊んだ頃には、孝子さんのお小遣いはすっかりなくなってしまっていた。

もう帰ろうかと考えていると、友人たちはお面の屋台ではしゃいでいた。当時、大流行していたアニメのキャラのお面が、たくさん飾られていたのだ。

「少年ジャンプで連載していたあの人気漫画です。いま思えば、ああいうお面って絶対に著作権無視して勝手に作ってますよね」

友人たちは、それぞれ好きなキャラのお面を買っていた。それを装着し、団地内にある児童公園へと走って行く。そこで「戦いごっこ」をするつもりだろう。

お金の持ち合わせがない孝子さんは、悲しい気持ちで頭を悩ませた。

「家に帰って追加のお小遣いを親にねだっても、どうせくれないだろうし」

孝子さんの家は、決して豊かとは言えない暮らしだったそうだ。

そこで孝子さんは、まつり会場内にあるゴミ箱を見て回ることにした。

「ヒモが切れちゃったりとかして、捨てられているお面もあるんじゃないかと思って」

仲間外れにされないために、恥も外聞もなかったと孝子さんは振り返る。

焼きそば屋の裏のポリバケツに捨てられたお面を見つけたが、アニメキャラではなく、タコのお面だった。しかも、ソースがべったりと付いている。さすがにこれは拾えない。

なおも歩き続けて、まつり会場から一本外れた道に出た。

盆踊りの音はすでに小さい。このまま道を進めば、隣町の商店街まで行ってしまう。

ところが、その時だった。

「落ちてたんです。足元に。お面が」

拾ってみると、あのアニメに出てくる凶悪なボスキャラのお面だった。

孝子さんは幸運を喜び、その場でお面を装着すると、急いで児童公園へ向かった。

公園では予想通り、友人たちが戦いごっこをしていた。主人公のお面を付けたＤ君が、必殺技を放つ時のポーズをしていた。

「私もノリノリで。自分のお面のボスキャラの口マネなんかしながら」

友人たちの輪の中に颯爽と飛び込んだ。

すると、友人たちの動きがピタリと止まった。

みんな、怯えたような目で、孝子さんのことを見つめている。

「もしかして、私だって気付いていないのかなと思って」

孝子さんはお面を取ろうとした。だが、お面が顔から外れない。

後頭部に巻き付いた白い輪ゴムが、皮膚にきつく食いこんでいる。

孝子さんは輪ゴムを強く引っ張った。しかし、やはりお面は取れない。

「まるで、私の顔に張り付いてしまったみたいに……」

次の瞬間、Ｄ君が『うわぁぁぁぁぁ』と大きな悲鳴を上げた。

その声につられるように、友人たちが次々と叫び出す。みんな、孝子さんの顔を指差しながら、脱兎のごとく公園から走り去って行った。

孝子さんは必死にお面を取ろうともがいた。お面の表面をバリバリと爪で引っ掻いて、何度も何度も輪ゴムを千切ろうと引っ張った。それでも、お面は取れない。

次第に孝子さんは息苦しさを覚えた。窒息しそうな恐怖感に身を包まれた。

「たぶん、大声で叫んでいたと思います。助けてって。そうしたら……」

パトロール中だったらしい制服姿の警察官が近寄って来た。

警察官は『お嬢ちゃん、どうしたの？』と優しい声で語り掛けてくる。

「そのお巡りさんに、お面が、お面が、って、必死で訴えました」

警察官は不思議そうな顔で、孝子さんのお面に手を伸ばした。

お面は、拍子抜けするほど簡単に取れた。

警察官は孝子さんを迷子だと勘違いしたようだった。名前と住所を聞かれたので素直に答えると、自宅まで送ってくれたという。

「家に帰って、明るい部屋で改めてお面を見てみたんです。そうしたら……」

お面は、アニメのボスキャラとは似ても似つかぬ、気味の悪い老人の顔をしていた。

孝子さんはお面をゴミ袋に二重に包み、ベランダから放り捨てたという。

「それから数日して、まつりの夜に一緒だった友人たちと会ったんです」

友人たちは、児童公園で気持ちの悪いじいさんを見た、と話していた。

「たぶんそのおじいさんって、あのお面を付けていた私なんでしょうけど……」

友人たちによれば、その不気味な老人は背がとても高く、手足をタコのようにグネグネと動かしながら、遊びたいよ、遊びたいよ、としゃべっていたのだという。

「その後、中学校に上がるタイミングで、親の都合で埼玉に引っ越すことになって」

以来、一度もその団地まつりには行っていないそうだ。

「申し訳ないですけど、あの団地を『ふるさと』だなんて、とても思えないですね」

孝子さんは顔をしかめながら、はっきりとそう言った。

縁日の仏像（愛知県K市某町／仏像信仰）

仏像を拝むという行為は、現代の日本人にとっては自然な振る舞いだが、元来、仏教は偶像崇拝を認めていなかったそうだ。お釈迦様は特別な存在であり、それを形にすることなど出来ないという発想からだ。

ところが、インドのガンダーラ地方に仏教が伝来した頃から、仏像が作られ始めるようになり、やがて偶像崇拝の対象となっていく。もっとも、このことについては諸説あり、掘り下げると別の本が一冊書けてしまうので、ここでは割愛させて頂く。

日本においても、東大寺の盧遮那仏に代表される大型仏像がいくつも作られ、平安時代になると、木彫りの仏像を自邸に所有する貴族もめずらしくなくなった。

現代では、フィギュア化された小さな仏像が仏具店で販売されており、美術品的な感覚で部屋に飾っている人もいるほど、社会に広く浸透し、親しまれていると言えよう。

「私、子どもの頃から仏像が好きだったんですよ」

信仰心もないわけではないが、それ以上に、純粋に仏像のフォルムが好きだったんですと田辺さんは言う。物腰の柔らかな五十代の女性だ。

「私の故郷は愛知県のK市という、お寺さんが多い町で。仏像が身近だったんですね」

図書館で図版を眺めたり、近所の寺の仏像を写真に収めたりしていたそうだ。

「学校の男子たちはガンダムのプラモデルに夢中でしたけど、私は仏像一筋で」

ある年の夏のこと。町外れの寺で縁日があり、中学生だった田辺さんは一人でふらりと遊びに行った。いくつかの出店が並ぶ程度のごく小さなお祭りだ。

かき氷を一杯食べ、家族の土産にタコ焼きを買い、そろそろ帰ろうとした時だ。寺務所の裏に作務衣姿の老人が一人、ゴザを敷いて座っているのを見つけた。

老人の足元には、体高二〇センチほどの小さな仏像がいくつか並べられていた。

「手製の木彫りの仏像を売っていたんです。値段を見たら、私にも買える金額で」

田辺さんは小遣いの残りで、金色に塗られた仏像を買った。自分だけの仏像が手に入ったと喜び、帰宅するとすぐに自室の本棚に飾り、以来、毎日拝んでいたそうだ。

その数日後のこと。田辺さんの飼い犬のタロが病気になった。

田辺さんは仏像に向かい、タロが良くなりますようにと懸命に祈った。

だが、祈りは通じず、タロは虹の橋を渡ってしまった。

そのまた数日後。今度は、同居していた祖父が急病で倒れた。

医師は、生還できるか五分五分だと告げた。田辺さんは仏像に熱心に手を合わせた。

しかし、願いも虚しく、祖父は翌日、天国へと旅立ってしまった。

それから、また何日かして。田辺さんのクラスの担任教師が交通事故に遭った。

大好きな先生だった。先生を助けて下さいと田辺さんは必死に願ったが、その願いは、またしても届かず、先生は意識が戻らないまま、そのまま力尽きた。

田辺さんは仏像に対して怒りを覚えた。何を祈っても一つも叶わず、むしろ、この仏像を手に入れてから、自分の大切な人が立て続けに亡くなっている。

「こんな仏像、疫病神だ。もう要らないよって思って、カッとなって」

癇癪を起こし、仏像を思いきり壁に投げ付けた。

すると、壁に激突した瞬間、仏像の首がゴトリともげた。

仏像の体内は空洞になっており、何かが入っているようだった。

田辺さんはおそるおそる、中身をかき出してみた。

「干からびたミミズの死骸が、ぎっしりと詰まっていたんです」

田辺さんはパニックになりながらも、ミミズの死骸をすべて掃除機で吸い込み、母に内緒で掃除機ごと、近所の粗大ゴミ置き場に捨てて来たという。

「あのおじいさん、どうして、仏像にこんなわけのわからない細工をしたんでしょう？どんなに考えてもわからなくて……」

次第に、自分がこのおかしな仏像に手を合わせていたから、タロも祖父も先生も死んでしまったのではないか、と気に病むようになり、一時はかなり落ち込んだという。

「いずれにせよ、怪しげな安物の仏像は絶対に買っちゃダメですよ」

田辺さんは強い口調でそう言った。

現在は、夫と二人暮らしの自宅に、数百万円で買った仏像を置いているのだという。

燃やしてはいけない（静岡県伊東市／どんど焼き）

どんど焼きは日本各地で小正月に行われている伝統神事だ。もともとは平安時代の宮中儀式で、地方によっては道祖神祭りや鬼火炊きなどとも呼ばれる。

いわゆる火祭りの一種で、一年の五穀豊穣や無病息災を祈りながら、門松や注連縄などの正月飾りを盛大に燃やすのだ。火によって災厄や穢れを焼き払おうとする火炎崇拝は、日本のみならず世界中で広く見られる信仰でもある。

どんど焼きの規模は幅広く、地域の寺や神社が主催し、消防車が複数台待機するような大掛かりなものから、自治会有志が空き地で行うものまで、大小様々だ。

ちなみに、どんど焼きの「どんど」には、尊いものの意味だとか、どんどん燃やせの略だとか、いくつかの説があるという。

「うちの地区では、冬休みの宿題で書いた書き初めも燃やすんですよ。せっかく頑張って書いたのに、燃やしちゃうなんてもったいないですよね？」

そう言って苦笑いするのは、伊東市出身の笠原さん。現在は都内に住む男性だ。

書き初めを集めて作った大玉を「おんべ玉」と呼ぶそうで、それを燃やして出た灰を頭に浴びると願い事が叶う、というのが伊東のどんど焼きの特色なのだという。

「でも、ああいう儀式はちゃんとルールを守ってやらないとダメなんですよ。ただ燃やせばいいっちゅうもんでもないからね」

笠原さんは一転して真剣な表情になると、いまから二十数年前、自身が中学一年生の時に体験したという話を語り始めた。

ある時、笠原さんの親友のE君が、一体の人形を学校に持ってきた。

E君によれば、その人形には死者の呪いが込められているというのだ。

「人形自体は、当時流行っていたアニメのフィギュアだったんですが……」

この数日前、E君の祖父が亡くなった。長患いの末に、自宅で息絶えたそうなのだが、この時、E君は亡くなった直後の祖父の左手に、人形を握らせたというのだ。

「もともと、俺たちの間では『死後二十四時間以内の死体に触れた人形は、呪いの人形と化す』っていう噂があって」

笠原さんは、その噂話を信じていた。だから、祖父の死という機会を逃がさず、あえて「呪物」を作り出してみせたE君を、尊敬と畏怖の眼差しで見つめた。

E君は、鞄の中に「呪いの人形」を忍ばせて毎日通学するようになった。

「俺に逆らったら呪ってやるぜ、なんて、E君は冗談めかして言っていましてね」

嫌いな教師に不幸が訪れるよう、二人で人形に祈りを捧げるなどしたという。

そんな中、ある事故が起きた。

E君が、自宅の階段から転落して足を捻挫したのだ。

幸い、大した怪我ではなかったが、笠原さんは人形の呪いを疑った。呪いが、持ち主であるE君に向いてしまったのではないかと。

「E君は『何でじいちゃんの呪いが俺に向くんだよ』と言って笑っていたんですが……」

しかし、その数日後。今度は、笠原さんがE君と同じ目に遭った。

「誰かに足首を掴まれた感覚があったんです。えっ？　と思った瞬間には、もう階段から転げ落ちていて……。せいぜい尻に痣が出来た程度の軽傷だったんですが」

笠原さんは内心、震え上がっていた。呪いをもてあそぶ自分たちに、天罰が下っているのではと感じたのだ。

「このままじゃ、呪いがいつ暴走するかわからないぞと、どんどん不安になってきて」

ちょうどそのタイミングで、地元のどんど焼きの日がやってきた。

「いい機会だ、呪いの人形を一緒に燃やしちゃおうと考えて、E君を説得して」

二人は、会場に人形を持ち込んだ。火を点けるやぐらにこっそり放り込んでしまおうとしたのだが、大人に見つかってしまった。

「燃えるゴミの日じゃねぇんだぞって、ひどく怒られて……」

笠原さんとE君は相談し、自分たちで人形を燃やしてしまうことに決めた。

「うちの家族が全員不在の日があって。その日に、E君を我が家に呼んで」

E君は、段ボール箱に入れてヒモでグルグル巻きにした呪いの人形を鞄に入れてきた。せめてもの気休めに、そうやって封印したのだという。

二人は、ワラ半紙に筆で「希望」や「お正月」などと書き殴り、書き初めに見立てた。それらをくしゃくしゃに丸めて、あらかじめ石と小枝を集めて庭に作っておいた釜戸へと投げ入れた。燃えやすくなるようにサラダ油も掛けた。

「呪いの人形をその中に横たえて、マッチを擦って、投げて」

人形がパチパチと音を上げ燃え始めた。プラスチックが溶ける時特有の嫌な匂いが鼻をツンとつく。

「これで何とか大丈夫かな、そう思った瞬間でした」

突然、火の手が笠原さんの背丈よりも高く吹き上がったのだ。

「そしたら、炎の中に真っ黒い人影が見えて……」

いやだぁぁぁ！　死にたくないよぉぉぉ！

黒い人影はたしかにそう言ったと笠原さんは言う。

ただ、後で確認したところ、Ｅさんにはその言葉は聞こえていなかったそうだ。

火の手はすぐに収まり、静かに消えた。呪いの人形は、跡形もなくなっていた。

笠原さんの伯父が突然亡くなったのは、その日の晩のことだった。

「伯母さんから電話があって。俺がその電話を取ったんですよ」

伯父は亡くなるような高齢ではまだなかったし、持病があったわけでもなかった。死因は脳の病気だったらしいが、まさに急死としか言えなかった。

「その訃報を聞いた時、生前の伯父の声が脳裏によみがえって来たんですが……」

呪いの人形を燃やした時に聞こえた悲鳴が、何だか伯父の声とよく似ていたような気がするんですよ。

笠原さんは顔を歪めながらそう言った。

その後は現在に至るまで、笠原さんにもE君にも、呪いを感じさせるような出来事は何も起きなかった。

「Eとはいまも親しいですよ。年に何度かは一緒に飲みますし」

笠原さんもE君も幸せな家庭を築き、それぞれの両親もいまだ健在でいる。

「たぶん、俺の伯父さんが呪いを一身に引き受けてくれたんじゃないですかね。俺はそう信じていますよ」

あの日以来、笠原さんはどんど焼きに参加したことも、庭で焚き火をしたことも、人形を手にしたことも、一度もないという。

ただ、伯父の墓参りだけは毎年、欠かさないのだそうだ。

赤いヒメボタル（静岡県御殿場市／二岡神社例大祭）

静岡県御殿場市にある二岡神社は、創建がヤマトタケルの東征の時期にまでさかのぼると言うから、大変な古い歴史を持った神社だ。箱根神社や伊豆山神社へと続く参詣の道筋に位置することもあって、古くより地元豪族の熱心な信仰を集めてきた。

その二岡神社では、毎年十月初旬に例大祭が開かれている。

境内には、ご当地グルメの屋台が数多く立ち並び、獅子舞や巫女舞も披露され、多くの見物客が集まるという。

静岡市内で会社勤めをしている酒井さんは、数年前、この例大祭を見物に訪れた。仕事の用事で御殿場まで来たついでだったという。

「本当はね、現地の取引先の人と一緒に行く予定だったんですよ」

とある町工場の社長に、もともと誘われていたのだ。

「でも、当日になって、なぜか社長と連絡が取れなくなっちゃって……」

以前から、少しいい加減なところのある社長だったそうだ。大方、約束を忘れて飲みにでも行ってしまったのだろうと考え、酒井さんは大して気に留めなかった。そういう性格の社長だから、むしろ気を使わずに、程良い距離感で付き合えていたのだ。

祭りを一通り見終えて、酒井さんは一人で神社の周辺を散策した。

二岡神社は黒澤明監督の「七人の侍」など、有名な映画やドラマの撮影地にもたびたび使われている。映画ファンの酒井さんは、

(おっ、あの木は、あの映画のエンディングに映っていたな……)

などとワクワクしながら、木々が生い茂る参道を歩いていた。

その時、ふいに小さな光が酒井さんの目の前をスーッと横切った。

「ヒメボタルかな、とはじめは思いました。さすが二岡神社だなって」

このあたりは日本有数のヒメボタルの生息域としても知られている。六月から七月頃がちょうど旬で、毎年、その時期は多くの観光客が県外からもやって来るそうだ。

光はぼんやりと淡く、先程から酒井さんの側をフラフラと飛び続けている。

それを見つめながら、酒井さんは首を傾げた。

「いまは十月だし、こんな時期にヒメボタル、まだいるのかな？　って」

酒井さんは改めてあたりを見回した。

目の前に飛んでいる小さな光以外、他には光など一つも見えない。

「もしかしてこれ、ヒメボタルじゃないのかも……って思った、次の瞬間」

淡い光が突然、メラメラっと真っ赤に燃えあがったのだ。

「ステーキハウスで見るフランベのようでした」

と酒井さんは形容する。思わずワァーッと叫んで地面にうずくまり、おそるおそる顔を上げると、もうそこには何の光もなかった。

「周囲の人たちは、そんな私をキョトンとした目で見つめていました。ああ、私以外には誰にも、さっきの光が見えていないのかって思って……」

何だか急に恐くなり、そそくさと宿まで帰ったという。

酒井さんが驚いたのは、その翌朝のことだ。

連絡の取れなかった社長が、ゆうべ急死したと聞かされたのだ。

「社長の奥さんから、朝一番に電話が来まして……。持病の心臓が悪化して救急搬送されたけれど、助からなかったそうで」

酒井さんは毎年十月になると、二岡神社で見たあの赤い光を思い出す。

「あれは、ひょっとすると社長の魂だったんですかねぇ？　私にお別れの挨拶をしに来てくれたのかな……なんて」

先日、酒井さんは初めて六月に二岡神社を訪れてみた。

風情のある鳥居の側を、黄金色に輝く数百匹のヒメボタルが飛び交う光景は、この世のものとは思えないほど幻想的で美しかったという。

「でも、その中に一つ二つ、赤い光も混じっていたんです。あれは、もしかしたら……」

酒井さんはそう言って、さも愉快そうに微笑んだ。

無間地獄（静岡県掛川市／阿波々《あわわ》神社の無間の井戸）

静岡県掛川市にある栗ヶ岳は、その斜面に大きな「茶」の字が描かれていることで有名な山だ。昭和の初期、この地域における茶葉の栽培を宣伝するため、大量の木々を「茶」の字になるように並べて植えたのだ。

古くは歌川広重の東海道五十三次の浮世絵に描かれ、また、桜の名所としても知られ、まさに地域のシンボル的な場所と言える。

その栗ヶ岳の山頂に鎮座するのが、阿波々神社だ。

もともと栗ヶ岳の山中には天然の巨石・巨岩が多く存在し、それらは「磐座」として、太古より神々の依代となり信仰の対象だった。これらの巨石群は、現代でもパワースポットとして、県内外から多くの参拝者を呼び寄せている。

それだけでなく、阿波々神社の境内にはさらに有名なものがある。

無間の井戸だ。

昔、阿波々神社に隣接する観音寺という寺があった。この観音寺の梵鐘は「無間の鐘」と呼ばれ、いつの頃からか「この鐘を撞くと金持ちになれるが、死後は無間地獄に落ちて永遠に苦しむ」という噂が広く伝わっていた。

無間地獄に落ちても良いから金持ちになりたい、という人々が連日、押し寄せるようになった。だが、栗ヶ岳は難所だ。山中で遭難し、命を落とすものが後を絶たなかった。

それで、住職はこれ以上の犠牲者を出さないために、さらには、現世利益だけを求める人々の目を覚まさせるために、無間の鐘を寺の古井戸に投げ捨ててしまった。

時代が下り、観音寺は廃寺となったが、古井戸の管理は阿波々神社が引き継いだ。その古井戸が「無間の井戸」として、いまも残っているというわけだ。

なお、阿波々神社の本殿裏には、無間地獄へと続く穴もあると言い伝えられている。

保奈美さんは大学四年生の時、地元の旧友たちと阿波々神社を訪れた。

友人にパワースポット巡りが好きな者がいて、その友人に誘われる形で、地元の神奈川からドライブがてら出掛けたのだという。いまから五年ほど前の話だ。

暑い夏のことだった。お盆のシーズンではない平日だったこともあり、保奈美さんたち以外に参拝客はいなかった。

名高い「無間の井戸」は木柵で囲まれており、その木柵が絵馬掛所にもなっていた。保奈美さんたちは、真面目なことやふざけたことをそれぞれ絵馬に書き、奉納しながら井戸を覗いた。中は仄暗く、底は伺い知れなかった。

「なーんだ。無間の鐘なんて、どこにも見えないじゃん」

グループの一人の梨花さんがあくびをしながら言った。

梨花さんにはヤンチャなところがあり、気安い幼なじみではあるものの、保奈美さんは以前から少し距離を置いていた。今回の旅行で久々に再会した相手だった。

「ほんとに鐘が埋まってるんなら、小銭でもぶつけて、音鳴らそうと思ったのに」

梨花さんが皮肉っぽくそう言う。

保奈美さんは、そんなことしたら無間地獄に落ちるよ、と冗談まじりにたしなめたが、梨花さんは「あたし、死後の世界とか信じてないから」とヘラヘラ笑っていたという。

その時、一匹の大きな羽虫が、大きな羽音を立てて飛んで来た。

女性ばかりのグループだったから、一行は小さな悲鳴を上げて羽虫を追い払った。

すると、追い払われた羽虫は、梨花さんの持っていた手提げ袋に止まった。

梨花さんは手提げ袋を地面に放ると、スニーカー履きの足で思いきり羽虫を踏んだ。

羽虫は手提げ袋に赤黒い血の痕を残して、つぶれて死んだ。

その死骸を梨花さんは指で掴み、無間の井戸の穴へ無造作に投げ捨てた。

「あたしたちを驚かせた罰だ。虫ケラは地獄行き～」

梨花さんは人気タレントのマネをして人差し指を振りながら笑っていたが、保奈美さんも他の仲間たちも何となく白けてしまい、口数も少なくその場を後にしたという。


旅行が終わり、日常が戻ってきてからしばらく経った頃だ。

保奈美さんの携帯電話に、突然、梨花さんからの着信があった。

「もしもし、保奈美。あたしだよあたし」

その時の梨花さんの声は、随分と酔っているように聞こえたと保奈美さんは言う。

時刻は深夜零時を過ぎていた。こんな時間にどうしたのと尋ねた保奈美さんに、通話口の向こうの梨花さんは、意外なことをつぶやいた。

「助けてほしいんだよね。井戸に落ちちゃって」

意味がわからず、保奈美さんは、どういうこと？　と聞き返した。

「だから、道を歩いてたら、井戸に落っこちちゃって出られないんだよ。やばいよね」

梨花さんは笑いながら話している。その背後で、かすかに「ブーン、ブーン」という音がしていた。

保奈美さんは困惑した。梨花さんがどういう状況なのか把握できないし、特別に仲良しというわけではない自分に電話してきた理由もさっぱりわからない。

とはいえ、梨花さんの話が本当なら、放っておくわけにもいかない。

保奈美さんは、梨花さんがいまどこにいるのかを改めて尋ねた。

「どこって、四丁目の児童公園あるでしょ、古井戸のある。あそこで、ガキの頃みたいに井戸を覗いてたら、うっかり落ちちゃったんだよ」

ここまで言わないとわからないのかよ、と梨花さんは悪態を吐いた。

保奈美さんはますます困惑した。四丁目の児童公園は、たしかに小学生の頃、梨花さんも含めた仲間たちでよく遊んだ場所だ。

しかし、そこに井戸など、ない。

保奈美さんは背筋に冷たいものを感じた。言葉にできない違和感が全身を包んでいる。

しばし悩んだ末、家を出て児童公園へ向かった。電話は切らないままにしておいた。

「ほんと、何でこんな井戸に落ちちゃうんだろうね。あたしってドジだよね。それにしても暗くて狭いよ。身動きが取れない。ねぇ、早く助けにきてよ」

梨花さんの苛立った声が通話口からずっと聞こえている。

その声に混じって「ブーン、ブーン」という音もひっきりなしに流れて来る。

五分ほどで保奈美さんは児童公園に着いた。

ぐるりと園内を見回したが、やはり、井戸などどこにもない。何か工事をしている様子もなく、人が落ちるような穴は一つもなかった。

その時、ジャングルジムの側に何かが落ちているのが見えた。

近寄ってみると、それは、梨花さんがよく持ち歩いていた手提げ袋だった。

拾い上げてみて、保奈美さんはすぐにそれを投げ捨てた。

手提げ袋の裏に、十数匹の羽虫がウジャウジャと這っていたからだ。

羽虫たちは手提げ袋に止まったまま、ブーンブーンと羽を震わせている。その羽音が、すぐ目の前でしている音なのか、通話口の向こうから聞こえてくる音なのか、保奈美さんはわからなくなった。

保奈美さんは、携帯電話を握りしめ、声のボリュームを上げて話した。

梨花、あなたの手提げ袋が落ちてたよ。この公園の近くにいるの？

だが、梨花さんはその問いには答えなかった。ろれつの回っていない口調で、一方的に早口で喋り続けている。

「保奈美、早く助けてよ。ここから出たいよ。ねぇ、保奈美、早く井戸の中を覗いてよ。あたしがいるから。ねぇ、保奈美、早く井戸の中に来てよ」

保奈美さんは怖くなって、反射的に通話を切ってしまった。

深呼吸を一つ、二つして冷静さを取り戻し、梨花さんにコールし直した。

だが、梨花さんは電話に出なかった。

保奈美さんは、これは泥酔した梨花のイタズラだったのだろう、と自分に言い聞かせ、帰路に就いた。

その二日後。別の友人から電話が掛かってきた。

友人は「二日前の夜から梨花が家に帰っていないみたいだけど、行方を知らないか？」と尋ねてきた。

保奈美さんは、あの夜、電話を切ってしまったことを強く後悔したという。

「結局、梨花の行方はその後もわからず、ずっと消息不明のままです」

いまは都内で公務員をしている保奈美さんは、そう言って唇を噛みしめる。

警察に捜索願も出したようだが、成人女性の失踪は、明らかな事件性がなければ真剣に捜査してもらえない。特に、梨花さんは失踪の直前、ホストクラブにツケが溜まっていたそうで、それが自発的な家出の原因ではないかと判断されてしまった。

しかし、保奈美さんはどうしても、ある考えを拭えない。

「梨花が、無間の井戸に虫を投げ入れたりしたから、もしかして、梨花は……」

どこかの井戸の底で、永遠にもがき続けているのではないか。

その悪い妄想と、あの日の公園で聞いた羽虫の音が、いまも脳裏から消えないのだと、保奈美さんはつぶやいた。

あの日、公園に落ちていた梨花さんの手提げ袋も、いつの間にか消えていたという。

祠の祟り（宮崎県M市某町／祠信仰）

祠とは、一言で説明すれば、小さな神殿のことだ。

その材質によっては石祠や木祠と呼ばれることもあり、ルーツは原始神道の自然崇拝に基づくとされている。語源である「ほくら」（神庫・宝庫）は神道用語だ。

祠は、その地の土地神や自然神を祀るために設けられ、地元住民の素朴な信仰の対象となってきた。例えば、集落の入口に建つ祠は道祖神を祀って魔除けとしているし、また、田んぼや畑の中にある祠は農耕神を祀り、五穀豊穣を祈願している。

一方で、人里離れた山奥や川辺に建つ祠は、かつてその場所で土砂崩れや洪水が起きたことを示している場合があり、災厄を起こす「邪悪な神」を封印する意味合いも持つ。

そうした背景から、祠は一種の聖域として捉えられるようになり、祠を粗末に扱うことを「禁忌」と捉える風潮は、令和の現代でも根強く残っている。

「あたし、祠を壊したことあるんだ。中学生の時」

そう言って唇の端を斜めに吊り上げてみせたのは、池袋のガールズバーで働く、ナオミさんという二十代後半の女性だ。

ナオミさんは宮崎県M市内の小さな町で生まれた。穏やかな気候で、決して嫌いな町ではなかったと本人は語るが、生まれ育った家庭環境は劣悪だったという。

「ちょっと前、親ガチャって言葉が流行ったでしょ？　あたしはね、親ガチャ大ハズレ。父親はどこの誰かもわからなくて、会ったこともないし。母親は小学生のあたしを一人でほったらかして、若い彼氏と遊びに行って三日くらい帰って来ないようなクズだったし。ああ、酔った母親にぶん殴られるのも、しょっちゅうだったな」

生活は貧しく、夕飯が用意されていない日も頻繁にあった。空腹に耐えかねてスーパーでスナック菓子を万引きしたことも何度かあったという。

「まぁ、そんなんだからさ、中学生になったら普通にグレるよね。入学式の次の日には、ワルの先輩たちに混じって、校舎裏でタバコくわえてたもん」

ナオミさんはアイコスを吸いながら、少しさびしそうに笑ってみせる。

そんなある時、ナオミさんの中学校で〝事件〟が起きた。

「うちの中学校の裏山に、祠が建ってたんだけどさ」

ナオミさんの故郷は、もともと町中に祠が多い土地柄だったそうだ。中学校の校舎裏は低い山になっており、その山道を少し登った先に、古びた祠があった。

「そこね、大昔に土砂崩れが起きて、人が死んでるんだって。それで、悪い土地神の仕業だろうって話になって、厄除けと慰霊のために祠を建てたらしくて」

その伝承は、祠を粗末に扱う者は祟られる、という噂話とセットになっていた。ナオミさんも祟りの話は幼い頃から聞いていたが、まったく信じていなかったという。

「でも、T先輩が、その祠のせいで本当に祟られちゃったって聞いて」

T先輩は、仲間たち数人とバイクで山を訪れた。そこで、みんなを笑わせようとして、ふざけて祠に向かって立ち小便をしてみせた。

その翌日、T先輩の母親が、急な病気で倒れて入院したというのだ。

「T先輩、半べソかいちゃってさ。祟りは本当にあるんだよ、なんてみんなに言ってて。ダサいなぁって。あたしは、その話を聞いて、むしろ」

ああ、うらやましいなぁ。

ナオミさんはそう思ったのだという。

「だって、母親が倒れたんでしょ？　あたしは母親に死んで欲しいと思ってたからさ」

祠に小便をして親が病気になるなら、いっそ祠を壊せば、親が死ぬのではないか。

ナオミさんはそう考えた。そして、一刻も早く、それを試してみたくなった。

翌日、ナオミさんは夜中に家を抜け出し、山道に入った。

赤茶色くサビついたガードレールの手前に、噂の祠があった。祠は、街灯の薄明かりに照らされて、ぼんやりと光って見えた。

「木でできた、チンケな祠だった。あちこち黒ずんでいて、なんか、少し臭くて」

ナオミさんは持って来た金属バットをケースから抜いた。そして、ためらうことなく、祠に向かって振り下ろした。

「死ね、って言いながら。ババア死ね、ババアくたばれ。そう言いながら」

祠がバラバラの木片になるまで、あまり時間は掛からなかった。

ナオミさんは意気揚々と帰宅し、母親が祟りで死ぬのを楽しみに待った。

しかし、二日経ち、三日経ち、一週間が経っても、何も起こらなかった。

「ああ、やっぱり祟りなんて迷信か。つまんねぇなって思って」

祠が壊されたことは、数日間は大きなニュースとして学校内を駆け巡っていたが、祟りらしい祟りが誰の身にも起きなかったため、すぐに鎮静化した。いつしか、ナオミさんは自分が祠を壊したことすら忘れてしまっていたという。

それからしばらく経った、ある夏の日のこと。

ナオミさんは、母親が不在の自宅に彼氏のルキヤ君を招き、遊んでいた。

「ちょっとね、大きな声では言えない、楽しい遊びをね」

ルキヤ君は、当時のナオミさんが唯一心を許すことができた大切な存在だったという。

リビングのソファーでタバコを吹かしていると、インターフォンが鳴った。

カメラモニターなど付いていない古いアパートだ。ナオミさんは玄関まで赴き、ドアの向こう側に「どちら様？」と気だるく呼び掛けながら、魚眼レンズを覗いた。

そこには誰もいなかった。

近所の子どものイタズラかと思ったが、念のためドアを開けてみた。やはりそこには誰もいなかったが、足元に何かが落ちているのに気が付いた。

「木片だった。ちょうどあたしの手のひらサイズで、黒ずんで、少し臭い木片」

ナオミさんには、その木片が、先日壊した祠の残骸に似ているように見えた。

どうしてこんなものが落ちているのかと気味悪く感じ、そこに放置しておくことが何となくためらわれて、その木片をアパート一階のゴミ捨て場まで捨てに行くことにした。

階段を急ぎ足で下りて、木片を燃えるゴミのポリバケツの中に投げ入れる。

その時、上から「ナオミ！」という声がした。

声の方を見上げると、ルキヤ君が部屋のベランダに立っていた。そういえば、ルキヤ君に何も告げずに出て来てしまったことを思い出した。

ごめんね、ちょっとゴミ捨てに行ってただけだよ。

ナオミさんはルキヤ君にそう言った。しかし、次の瞬間。

「ルキヤがいきなり、ベランダから飛び降りてさ」

ナオミさんの部屋はアパートの四階だ。ルキヤさんは背中から地面に落下し、ピクリとも動かなくなった。ナオミさんは甲高い悲鳴を上げた。

「すぐにスマホで救急車呼んで。何とか命は助かったんだけど」

全身骨折で全治半年の重傷だった。後遺症も残るだろうと医師から宣告された。ナオミさんはルキヤ君の両親から「おまえみたいなクズと付き合ってるからこうなったんだ」と強くなじられたという。

「それでも、あたし、ルキヤのことが好きだったからさ。こっそりお見舞いに行って」

どうしてあんな馬鹿な真似をしたのかと、ルキヤ君に尋ねてみた。

「急に死にたくなったからって。ルキヤ、そう言ってた。意味不明でしょ？」

ルキヤ君が言うには、ナオミさんが「助けて、助けて」と叫んでいる声を聞き、あわててベランダに飛び出して下を覗いた。その瞬間、無性に死にたくなり、発作的に飛び降りてしまったのだという。

「あたし、助けてなんて言ってないし。ルキヤが死にたい理由もわからないし」

ナオミさんはその後もたびたびお見舞いに行ったが、ルキヤ君から、おまえを見ていると死にたくなるからもう来ないでくれ、と言われ、泣きながら別れたという。

「でもね、ルキヤだけじゃないんだ。それからも、こういうことが続いてさ」

ナオミさんはビールでカクテルを作りながら、淡々とした口調で語り続ける。

中学を卒業したナオミさんは、本人曰く「名前さえ漢字で書ければ合格する底辺高校」に進学し、そこで新しい恋人と出会った。ユイト君という暴走族の副リーダーだった。

「ユイト、あたしと付き合い始めてすぐに、バイクで事故っちゃって」

ガードレールに猛スピードで突っ込む自損事故を起こして、左脚の膝から下を切断する大惨事になってしまったのだという。

「高二くらいからは、よその町へもちょいちょい遊びに行くようになって」

繁華街で知り合った大学生のフミヒコ君と、真剣に交際するようになった。

その数週間後。フミヒコ君は大学の友人と居酒屋へ飲みに行った帰り道、泥酔した状態で車道へ飛び込み、トラックに跳ね飛ばされ、全治数ヶ月の重傷を負った。

「ユイトもフミヒコも、あたしに言ったんだ。あたしが『助けて、助けて』って叫んでる声が聞こえてきて、そのあとで、なぜか突然、死にたくなったって」

それで、ナオミさんはようやく思い至った。

「あ、これ祟りだって。あたしが惚れた相手は、みんなこうなるんだって。これ、あの祠の祟りだって。あたし馬鹿だから、三人目になるまで気が付かなくてさ」

ナオミさんはケラケラと笑いながら、シャンディガフを一気に飲み干す。

それ以降、ナオミさんは誰とも恋愛をせずに生きてきたという。

「さすがに、これ以上犠牲者を出すのは申し訳ないでしょ。あ、でもね、本気にならない遊び相手なら別にだいじょうぶみたい。だから、ま、そこらへんは適当にね」

現在、ナオミさんは都内で暮らしているが、故郷の母親に毎月、稼ぎのかなりの額を仕送りしているそうだ。

「あのクソババア、何年か前、肝臓をぶっ壊して、働けなくなっちゃって」

母親から「助けて、助けて」としつこくお金をせびられ、やむを得ず生活費や医療費をすべてまかなっているのだという。

「何で世話してるのかって？　何でだろうね。自分でもよくわからないや」

もしかしたら、これこそ本当に祟りなのかもね。

ナオミさんは皮肉な笑顔を浮かべながら、二杯目のカクテルを作り出した。

ちなみに、ナオミさんには娘が一人いる。

二十歳になるかならないかの頃に産んだ子どもで、父親が誰かは、自分でもわからないそうだ。いまはもう小学生になっているという。

「強い子だよ。一人きりでお留守番してても全然平気なんだもん」

だから、あたしは安心して、友だちと遊びに行けるんだ。

ナオミさんは鼻歌を唄いながら、真っ赤なレッドアイに口をつけた。

家族団欒

（長崎県五島列島某町／祖霊信仰に基づく墓まつり）

一般的に墓地と言えば、厳粛で静謐な場所という印象を持つ人は多い。

だから、お墓参りと言えば、花を手向け線香を焚き、その墓に眠る故人を穏やかに偲ぶものだというイメージが根強い。

ところが、西日本の一部地域では、これとまったく違う光景が見られる。

例えば、沖縄にはシーミー（清明祭）と呼ばれる中国由来の伝統行事がある。

親族が揃って墓参りへ出掛け、墓の前で、お花見の宴会のように飲み食いをするのだ。

その様子はさながらピクニックで、琉球の時代から続いている風習だという。親族一同の元気な姿を見せて先祖に安心してもらうため、わざと派手にするのだという。

これと同じ特徴を持つ墓参りが、長崎県の五島列島の各地でも見られる。

こちらの地域では、半袖襦袢に花笠を被り、腰蓑を履いた集団が、鉦と太鼓のリズムに合わせ、初盆を迎えた家や墓の前でにぎやかに踊る。チャンココと呼ばれるこの地域独特の芸能で、チャンは鉦の音、ココは太鼓の響きから来ているという。南洋の国々にも似た文化があるようで、古代の文化交流を窺わせる歴史資料としての価値もある。

いずれの場合にも通底しているのは、先祖崇拝・祖霊信仰の意識であろう。


今から二十年ほど昔の春のこと。秀美さんは、結婚を前提に付き合っていたヒロトさんの両親に挨拶するため、長崎県五島列島にある某町を訪れた。

はじめは緊張していた秀美さんだったが、ヒロトさんの両親は温かく秀美さんを迎えてくれて、たくさんの料理で歓待されたという。

夕食会が一段落した頃、ヒロトさんの父親がおもむろに立ち上がった。

「これからみんなで墓まつりをしよう。時期は本来と違うけどな」

この地域の風習で、先祖の墓参りをしながらそこで酒を飲むのだという。

ヒロトさんの運転する車で、家から十数分の場所にある墓地へと向かった。

到着すると、父親が車に積んでいた提灯に明かりを灯し、墓の前に置く。提灯を立てるための穴が墓前に作られているようだった。

立派なお墓に手を合わせていると、近所に住んでいるというヒロトさんの兄一家が合流してきた。父親が事前に声掛けしていたらしかった。

お墓の前にブルーシートを広げ、親族一同、円くなって座る。かしこまった自己紹介は省略し、缶ビールや缶ジュースで乾杯し、家族団欒の時間がスタートした。

三人の子どもたちが、ロケット花火を手に遊び出した。秀美さんは呆気にとられたが、墓まつりの際に花火をするのは当たり前のことだと母親に説明された。

それから、三人の子どものうち二人が、大人たちの手拍子に合わせ、チャンココを踊り出した。その様子を、ヒロトさんの祖父が笑顔で見ていた。

秀美さんは何げなくヒロトさんに尋ねた。

「あの子たちは、あなたの甥っ子と姪っ子だよね？」

ヒロトさんは、そうだよと答え。二人の名前と年を教えてくれた。

もう一人の子はどなた？　と秀美さんが問うと、

「えっ、兄貴のところは、子ども二人しかいないけど？」

ヒロトさんはきょとんとした顔でそう答えた。

すると、その会話を横で聞いていた母親が、秀美さんの肩を掴んだ。

「あなた、もしかして、あの子が見えるの？」

困惑しながら曖昧にうなずくと、母親は嬉しそうな声で、

「あれは小さい頃に死んじゃった私の妹なの。墓まつりだから帰って来たのね」

そう言って、手を叩いて笑ったという。

秀美さんはどう反応して良いかわからず、お墓の方を振り返った。

さっきまでいた「三人目」の子どもと、祖父の姿が消えている。

秀美さんはおそるおそるヒロトさんに、おじい様はどちらへ？　と尋ねた。

「俺のじいさんは、とっくの昔に死んでるけど？」

首を傾げるヒロトさんの隣で、母親はまた、腹を抱えて笑い出したそうだ。

「その翌月、ヒロトさんとはお別れしました。とっても素敵な人だったんですが……」

秀美さんもヒロトさんも、いまは別の人と結婚し、幸せに暮らしているという。

生まれ変わり（新潟県佐渡市 賽の河原霊場／地蔵信仰）

「賽の河原」とは、仏教的世界観において三途の川のほとりのことを指す。川のこちら側が現世で、あちら側が浄土であることは、言うまでもない。

通常、死者は三途の川を渡って閻魔大王の裁きを受けに行くが、親より先に亡くなった子どもは川を渡らせてもらえない。その手前の賽の河原に留まって、自らの成仏を一心に願いながら、石を積み上げ、仏塔を作るのだ。

だが、仏塔が完成間近になると地獄の鬼がやってきて、それを破壊してしまう。子どもたちはまた一から石を積まねばならなくなる。

この無限に続く苦しみが、親に先立ち、親を悲しませた不孝の罪なのだという。

救いようのない悲しい話だが、これに救済を与えるのが地蔵信仰だ。

そもそも地蔵菩薩は、弱者に手を差し伸べてくれる存在として、中世の頃から庶民の間で深く信仰されていた。子どもを守ってくれる存在としても崇められるようになった。だから、賽の河原で苦しむ子どもたちの前にも、最終的には地蔵菩薩が現れて、成仏に導いてくれる……という、救いのあるストーリーが生み出されたのだ。

なお、日本の各地には現在でも「賽の河原」と呼ばれる場所が数多くある。鳥取県大山町や青森県中泊町のそれが特に有名で、地元では「冥府との境」とも伝えられている。

「以前、佐渡島にある賽の河原を訪れたんです。息子の供養のために」

静かな低い声でそう語り出したのは、Uさんという四十代のサラリーマン男性だ。上越市の出身で、結婚した後は新潟市内で暮らしている。

ご本人の言葉のとおり、Uさんは数年前、息子のハルキ君を病で亡くした。二歳になる誕生日を目前にしてのことだった。Uさんも妻も、深い悲しみにくれた。

それでも、前を向いて歩かないとハルキ君にも申し訳ないと考え、日々の暮らしを夫婦で懸命に過ごした。やがて、二人の間には新しい命が宿った。

Uさんは、今度産まれてくる子はハルキ君の分も健康に長生きしてほしい、と願って、佐渡島にある「賽の河原霊場」を訪れることにした。

集落のバス停から海岸沿いの遊歩道をしばらく歩くと、海食洞穴が見えてくる。ゴツゴツとした石ころだらけの浜辺を渡り、洞穴の中に入ると、そこには無数の小さな地蔵菩薩がずらりと並んでいた。

その中には、ハルキ君にどことなく顔が似ているお地蔵様もいた。

「ハルキをよろしくお願いします。天国で幸せに暮らせますように」

Uさんはそのお地蔵様にそうお願いして手を合わせ、それから、ハルキ君がお気に入りだった手のひらサイズのウサギのぬいぐるみを、その側にそっと置いた。

夜、新潟市内の自宅アパートに帰ってきたUさんは、着替えの際、ズボンの尻ポケットに石が入っているのに気付いた。

子どもでもあるまいし、こんなところに石など入れた覚えはない。それなのに、いつの間にか入っていたそうだ。

それは、ちょうど幼子の握りこぶしくらいの石だった。

実は、佐渡島の賽の河原霊場には、この地から一つでも何か物を持ち帰ると呪われる、という噂があった。生まれも育ちも新潟県のUさんは、その話を知っていた。

間もなく産まれてくる子どもに災いが降りかかっては大変だと思い、Uさんはあわててスマホでフェリーの時間を調べ始めた。すると、それを妻に止められた。

Uさんの妻は、この石はきっとハルキが入れたんだよ、とつぶやいた。

「この石、ハルキの手と同じくらいの大きさなの。ハルキが、ぼくのことも忘れないでねって言ってるような気がするの」

涙ぐんでそう主張する妻を見て、Uさんは熱いものが込み上げてくるのをこらえた。

それで、石を返しに行くのはやめて、ハルキ君の仏壇に供えておいたという。

数ヶ月後、新しい命が無事に生まれた。女の子だった。

カエデと名付けられた娘は健やかに成長し、家族は明るい笑顔を取り戻した。

カエデちゃんが二歳の誕生日を迎えた時、Uさん夫妻は、再び佐渡島の賽の河原霊場を訪れることにした。ハルキ君の亡くなった年齢を無事に超えたので、そのお礼参りをするためだった。

そこで、奇妙なことが起きた。

集落でバスを降りると、カエデちゃんはUさん夫妻を先導するかのように先頭に立ち、海岸沿いの遊歩道をすたすたと歩いていった。

もちろん、カエデちゃんがここに来るのはこの日が初めてだ。それにもかかわらず、彼女はこの場所を詳しく知っているかのように振る舞っている。

河原に到着した後も、カエデちゃんはゴツゴツとした石を器用に避けながら、まっすぐに洞穴へと向かっていく。

次の瞬間、Uさんは目を疑った。

カエデちゃんが、お地蔵様の一つにスーッと吸い寄せられるように歩み寄ったのだ。

それは、二年前、Uさんがハルキ君の形見のぬいぐるみを置いたお地蔵様だった。

カエデちゃんは、ウサギのぬいぐるみを手に取ると、それを両手で包み込み、くるりと振り向き、Uさん夫妻に向かって「この子、大好きなの」と言った。

Uさんには、その時のカエデちゃんの顔が一瞬だけ、ハルキ君に見えた。

もしかしたら、ハルキ君がカエデちゃんに乗り移っているのかも知れないと思った。

久しぶりに、またハルキ君と話せるかも知れないと思った。

だから、興奮気味にカエデちゃんに尋ねた。

「カエデ、どうしてカエデがそのぬいぐるみのことを知っているんだい？」

すると、カエデちゃんはにっこりと微笑んで、答えた。

『こ、こ、このぬいぐるみ、ずーーーーっと前から、ほ、欲しかったんだ』

その時の声は、カエデちゃんとは明らかに違う、野太い中年男性の声だったという。

Uさんはぬいぐるみを奪って投げ捨て、カエデちゃんを抱きかかえるとすぐに賽の河原から離れたという。

自宅に戻ると、Uさんはハルキ君の仏壇に供えた、あの石を見た。

石は真っ二つに割れていた。

Uさんは何とも言えない不吉な予感に囚われてしまい、翌日、一人でその石を賽の河原へ戻しに行った。

ウサギのぬいぐるみは、地面に転がったままだった。

Uさんは、そのぬいぐるみをハルキ君に似たお地蔵様の側に、また置こうとした。

しかし、なぜかいくら探しても、ハルキ君に似たお地蔵様は見つからなかったという。

赤い靴（千葉県房総半島某地区／形代信仰）

房総半島南部の一部地域では、かつて厄落としに関する、とある風習があった。

それは、数えで七歳になった子どもが神社詣でをする際、必ず新品の草履を履いて行くというものだ。そして、厄除けの祈祷を受けた後は、新品の草履の鼻緒を切って、わざと境内に置いて帰るのだ。

これは、いわゆる「形代信仰」に基づく儀式の一種だ。

形代とは、人間に取り憑こうとする悪いものや穢れを、代わりに受け止めてくれる容器のことを指す。この場合は草履が形代となり、子どもに降りかかる災厄を吸収してくれるというわけだ。

だから、この地域の神社では、元日や節分や節句など、子どもの厄除け祈祷が集中する時期になると、境内に大量の草履が捨てられていたという。

時折、捨てられた他人の草履を持ち帰って売りに出すような不届き者もいたらしいが、そうした者は皆、何かしらの災いを被ったと伝えられている。

「地元にそんな話があることを、以前は知りませんでした」

伏し目がちにそう話すのは、房総半島の某町に住む美佐子さん。小学生の娘さんを持つ四十代の女性だ。

いまから数年前、美佐子さんは娘の七歳のお参りに、地元のとある神社を訪れた。

美佐子さんも娘もきれいな着物に身を包んで、夫が娘の姿をデジカメで何枚も撮影し、笑顔にあふれた七五三は滞りなく終わった。

その帰り道。美佐子さんは、神社の駐車場に、一組の赤い靴がぽつんと置かれているのを見つけた。サイズは明らかに子ども用だ。

美佐子さんは周囲を見回した。あたりに、靴を脱ぎ捨てて裸足で駆け回っているような子どもの姿はない。そもそも、自分たち以外、境内に人影は見えなかった。

「その靴、ちょっと気持ち悪かったんです。言い方は悪いですが、飛び降り自殺する人が脱いで揃えたみたいに、きちんと並べてあって……」

夫はすでに車の運転席に乗り込んでいた。美佐子さんは靴から視線を外し、娘を促して後部座席に乗った。

すぐに車が発進し、夫が他愛もない話題を振ってきた。それに応じていると、隣の席の娘が激しく貧乏ゆすりをしているのに気が付いた。

「あんまりそういうクセ、なかった子なんです。だから、どうしたのかなと思って」

みっともないからやめなさい、とたしなめながら、娘の膝を軽く叩いた。その時、娘の足元が目に入って、美佐子さんは驚いた。

娘が、先程の赤い靴を履いていたのだ。

どうしたのかと問うと、可愛い靴だから履いてきちゃった、と娘は悪びれずに言った。来る時に履いてきた草履は、駐車場に脱ぎ捨ててきたという。

娘はそう話しながら、ずっと貧乏ゆすりをし続けている。気のせいか、靴の赤い色味が濃くなっているように見えて、美佐子さんは言葉にならない不快感を覚えた。

「すぐに脱がせました。娘は不満そうでしたけど、何だか私、無性に気持ち悪くて」

美佐子さんは神社へ戻るよう夫に告げた。赤い靴を返しに行くためだ。

「夫は『いいじゃん、もらっといちゃえよ』なんてことを言ったんですけど。でも、私がどうしても嫌で。どうしても、気持ちが悪くて」

神社まで引き返すと、赤い靴を元の置いてあった場所に、元のとおりの格好で戻した。

娘は名残惜しそうに、じっと赤い靴を見つめていたという。

その数日後のことだ。

「娘が、明らかに具合悪そうに学校から帰ってきたんです」

ただいま、と弱々しい声で言ってリビングに上がって来た娘は、顔が真っ青だった。

額に手を当てたが、熱はない。ただ、首筋には赤い湿疹が出て荒れていた。

「体調悪いの？　と聞いたら『帰り道に突然、気持ち悪くなった』って言うんです」

とりあえず病院に連れて行こうと考え、美佐子さんは車のキーを手に取った。娘の手を握りしめ、一緒に玄関へ行ったところで、美佐子さんはヒッと小さな悲鳴を漏らした。

「あの赤い靴が、あったんです」

美佐子さんは、この靴はどうしたの？　と強い口調で娘に聞いた。

娘は、どうしてもあきらめられなくて神社に寄って拾ってきた、と答えた。

娘の足に視線を落とすと、白い靴下の指先がじんわりと赤黒く染みている。

靴下を脱がしてみると、十本の足指の爪がすべて剥がれていた。

「それで、私、猛スピードで車を走らせて、病院より先に、あの神社へ行きました」

赤い靴を元のとおりに返してきた。

すぐ側には、娘の白いスニーカーがきれいに並んで置かれていた。それを回収してから病院に駆け込んだという。

「お医者さん、私のことを訝しげに見ていました。たぶん、虐待だと思ったんでしょう」

幸い、細かい事情は聞かれず治療が行われた。包帯を巻いてもらう頃には、娘はまるで憑きものが落ちたように、すっきりとした表情になっていたそうだ。

「その晩、これまでの人生で一番厳しく、娘を叱りつけました」

二度とあの赤い靴を拾ってはならない、もしまた拾ってきたら、その時はおまえのことを捨てる。二度と家にも上げないし、ママと呼ばせもしない。

娘は号泣しながら、もう二度と靴は拾いませんと誓ったという。

「それから数日間は、かなり気を付けて娘の様子を見ていましたね。毎晩、娘が寝た後にランドセルの中身を確認したり、部屋中を点検したり」

美佐子さんの説教がさすがに効いたようで、娘は二度と赤い靴を拾ってこなかった。

しばらくして、美佐子さんは一人であの神社を訪れてみた。

駐車場に、赤い靴はもうなかった。

どこかの子どもが、履いて行ってしまったのかも知れないと美佐子さんは想像した。

「その子の身に、何も起きていないと良いんですが……」


美佐子さんが、地元に伝わる形代信仰の話を知ったのは、だいぶ後になってからだ。

「その話をはじめて知った時、私、ああそれで、と納得したんです」

娘が赤い靴を履いてしまった時、入れ替わりに神社へ置いてきた草履とスニーカー。

いずれも、鼻緒や靴紐が切れていたのだという。

そそっかしい人（愛媛県松山市某町／滅罪信仰に基づく三度回し）

西日本の一部地域では、葬儀での出棺の際、故人が納められた棺を三度回すという風習がいまも残っている。遺族らが棺を担ぎ上げ、その場でゆっくりと回すのだ。

地域によって右回り派と左回り派があるようで、右回りの方が仏教本来の正しい行道に沿ったやり方だとされている。一方、左回りはあえてその逆をすることで、死者の霊魂を永遠に封じ込めるという意味合いを持つのだという。

この「三度回し」の背景にあるのは、仏教における「滅罪」の思想だ。

古代日本では、回す・回るという行為は神霊につながる儀式だと考えられてきた。回ることで、いままでの罪が許されるとする信仰を「滅罪信仰」と呼ぶ。

四国のお遍路などはまさにその好例であり、盆踊りで人々がやぐらの周囲を回りながら踊るのも、この信仰に由来すると言われている。

そして、三という数字は前世・現世・来世という意味を含んでおり、三度回すことで、そのすべての世界で罪が許されて成仏、解脱できるように、と願うわけだ。

ところで、この三度回しを、もっとシンプルな意味で捉えている地域もある。

これから紹介するのは、そんな地域の話だ。


菊池さんは愛媛県松山市の某地区出身。現在は東京の百貨店でバイヤーをしている。

先日、菊池さんは買い付けのための出張で、たまたま故郷の松山を訪れた。

予定よりも早く仕事は片付き、手配済みの帰りの飛行機までは丸一日の余裕があった。

それならばと、菊池さんは実家へ顔を出すことにした。両親を驚かせてやろうと企んで、あえて事前連絡はしなかった。

レンタカーをのんびり走らせ、故郷の町へと着いた。すると、実家の近くの集会所に、黒と白の幕が掛けられている。どうやら町内会の葬式のようだ。

赤信号を待っていると、ちょうど出棺の時刻になった様子で、集会場から続々と参列者が外に出て来た。その中には、菊池さんの両親の姿もあった。

（ということは、俺も知っている誰かの葬式なのかな？）

おじやおばなど親族の葬式なら、自分にも当然連絡が来るはずだ。そうした連絡は来ていないから、ご近所の誰かが亡くなったのだろうと菊池さんは解釈した。

(だとすれば、俺も一応、挨拶くらいはしておこうかな。長男だし)

そう考え、レンタカーを適当な路肩に止めて降りた。

見ると、両親を含めた何人かの参列者は、頭に白い天冠を付けていた。この地域特有の風習だ。故人と三途の川まで同行するという意味があるらしい。

菊池さんは両親に声を掛けようとしたが、葬式の進行を妨げてもいけないと思い直し、少し離れた所から参列者の顔ぶれを見回した。

隣家のイワムラさん、お向かいのシオダさん、喫茶店のヒラオカさん、床屋のタカハシさんなどがいた。みんな、前に会った時よりも老けていたが、元気そうだった。

他の顔ぶれも確認したが、菊池家が親しくしていた近所の人は、ほとんど揃っていた。

(それなら、これはいったい、誰の葬式なんだろう?)

菊池さんは不思議に思った。

やがて、遺族であろう四人に担がれて棺が出て来た。担ぎ手たちは棺を高く掲げ、それをゆっくり、グルグルと三度回した。

（ああ、たしか、この儀式には何か大事な意味があったんだよな。何だっけかな？）

菊池さんは考えたが、すぐには思い出せなかった。

その時、喫茶店のマスターであるヒラオカさんが、何かを思い出したような顔をして、あわてて集会所の中に走って行くのが見えた。

（ヒラオカさん、昔からそそっかしい感じの人だったよなぁ。お釣りを渡し忘れるとか、しょっちゅうだったもんな）

懐かしさもあって、菊池さんはクスクスと笑った。

やがて、棺は霊柩車に乗せられ、大きなクラクションを一つ鳴らして出発した。

火葬場に行くのは遺族のみのようで、他の参列者は天冠を外し、会場から去り始めた。

菊池さんは両親のもとに歩み寄った。両親は菊池さんの急な帰宅にかなり驚いた様子だったが、菊池さんは「それはともかく」と軽くいなして、母親に尋ねた。

「これ、誰のお葬式？」

「ヒラオカさんが亡くなったんよ。喫茶店のマスター。あんたも知っとるでしょ？」

母の言葉に、菊池さんは言葉を失った。

（いやいや、おかしいって。だって、さっき俺はヒラオカさんを見たぞ？）

菊池さんは動揺したが、一つ、あることが気になっていた。

なので、そのことも両親に尋ねてみた。

「棺を三度回す儀式って、あれ、何の意味があるんやっけ？」

「ありゃあ、死んだ人間の方向感覚をなくさせるんよ。さまよって、この世に戻って来てしまわんようにな」

父親の返答を聞いて、菊池さんは、ヒラオカさんが先程、あわててどこかへ行ったわけをはっきりと理解した。

「あのマスター、自分が死んだことを忘れていたんでしょうね。ほんと、最期までそそっかしい人でしたね」

菊池さんはそう言って笑った後、

「だから、昔からの風習ってのは、ちゃんと意味のある大事なことなんですよね」

しみじみとそう語った。

弔いの儀式

（新潟県岩船《いわふね》郡某地区／民間信仰に基づく葬送風習）

新潟県岩船郡の某地区では、かつて、死者を弔う際に独特の風習があったという。

「いまはもう、どこの家でもやっていないと思いますけどね、どうなんだろう？」

話を聞かせてくれたのは、Ｋさんというご年配の男性。その某地区で生まれ育ったが、まだ子どものうちに両親の仕事の都合で関東に移ったという方だ。

「だから、決して詳しいわけじゃないんですよ。本当に、小さい時に自分が見たことだけしか知らないから」

そう断りを入れた後、Ｋさんは「自分が見たこと」について語ってくれた。

ある時、Ｋさんの隣家に住んでいたご婦人が亡くなり、小学生だったＫさんも、祖父と父に連れられて弔問へ行った。暖かな風が吹く春の季節だった。

亡くなったご婦人は、若死にというわけではないが、寿命と割り切るにはまだ早い年齢だったそうだ。ただ、ずいぶんと長い間、重く患っていたのだという。

「親族も、近所の人も、悲しみの色が濃くてね。部屋の空気はだいぶ重たかったなぁ」

病院から戻ってきたばかりだというご婦人のご遺体は、ふかふかの布団に寝かされて、白い布で顔を覆われていた。

しばらくすると僧侶がやってきた。廊下をドスドスと踏み鳴らす騒々しい足音を、いまでもKさんはよく覚えているそうだ。

「その坊さんの指示で、ちょっと妙なことが始まりまして……」

まず、親族によって、ご婦人のご遺体が布団から起こされた。

そして、両足を伸ばした格好で、室内の柱を背に座らされた。

「そのあと、手を組ませて、ゆっくりと関節を曲げて、足も組ませて……」

まるで座禅を組んでいるような格好になった。

それから、その姿勢を保たせるように、僧侶がご遺体の全身を紐で縛っていく。

「手の指、肘、太股、足首。紐でギュッと縛って固定したんですね」

ご遺体は、支えがなくても座っていられるように安定した。

すると、今度はそのご遺体に向かって、親族が話しかけ始めたのだ。

「気分はどうだとか、お腹は空いていないかとか。まるで、生きている人間に対して普通に接するように」

Kさんは戸惑いながら、その様子をただ眺めていた。あたりを見ると、戸惑っているのはKさんだけで、周りの大人たちは平然とそれを見つめている。

「父に、あれは何をしているのか、と尋ねました。そうしたら……」

儀式だ、と一言だけ返されたという。

「後になって知ったんですが、これが、この地域に古くから伝わる信仰らしくて」

死者が亡くなったその日は、あえて死者を死者として扱わず、あちらの世界へ旅立つのを引き止めるのだそうだ。それを、翌日の昼頃まで続けるのだという。

「死者が自分の死を理解し、受け入れるための時間なんだそうです。これをしないで葬儀をさっさと進めちゃうと」

この世に未練を残した死者がさまよい出てきてしまうから、ということだった。

その日の夜中のこと。

Ｋさんは、人の遺体を初めて見た興奮のせいか、夜が更けても睡魔が訪れず、布団の中で悶々としていた。

眠るのを一旦あきらめ、寝室を出て台所に行き、蛇口で冷たい水を飲んだ。

寝室に戻る際、何げなく居間の窓から隣家を覗き見た。

すると、こんな夜中なのに、まだ明かりの灯っている部屋があった。

「ちょうど位置的に、ご遺体が安置されている和室でした」

和室には複数の人影が見えた。窓越しに、うっすらと声が聞こえてくる。

Ｋさんはそっと窓を開けた。夜風に乗って、その声がはっきりと届いた。

「がんばれとか、帰ってこいとか、そんな声がいくつも……」

その時、和室のカーテンがはらりと揺れて、一瞬だけ、室内が覗けた。

Ｋさんは自分の目を疑った。

あのご婦人のご遺体が、立ち上がっていたのだ。

目をカッと見開き、歯を食いしばって、誰の支えもなく自分の二本の足で立っていた。

「その時ね、子ども心に確信したんです。昼間のあの儀式は、死者に死を自覚させるための儀式なんかじゃないって」

あれは間違いなく、復活のための儀式ですよ。

Kさんは低い声でそう断言する。

怖くなったKさんは、それ以上は見ていられず、あわてて寝室に戻った。

母親を叩き起こし、いま見た光景をすべて話すと、母親は何も言わず、Kさんを朝までずっと抱きしめていてくれたという。


「翌日の夕方、祖父と一緒にまた隣家へ行ったんです。お通夜の準備の手伝いに」

和室へ行くと、ご婦人のご遺体は棺に納められていた。

その死に顔は、とても穏やかな表情をしていた。

Kさんには、その顔がようやく死を受け入れた顔に見えたという。

「私、泣きました。よくわからないけれど、急にぽろぽろ涙がこぼれてきて」

Kさんが泣いているのに気付いた遺族の一人が、Kさんの手を強く握り「ありがとう」と言ってくれたという。

埋め墓を掘る（奈良県大和高原地方某所／両墓制の風習）

かつて近畿地方や瀬戸内海の一部の島には「両墓制《りょうぼせい》」と呼ばれる風習があった。文字どおり、墓が二つ存在する制度のことで、死者の遺体を実際に埋める場所と、遺族が墓参りをするための場所とを分けたものだ。遺体の埋葬地は埋め墓と呼ばれる。こちらの墓には、遺体を土葬した後、人々が訪れることは基本的にない。墓石自体が設けられないケースもめずらしくなく、集落全体の共同墓地のようになっていることも多い。日常的な墓参りは、もう一つの墓である参り墓（詣り墓）で行われる。こちらは、家によっては立派な石塔や卒塔婆を立て、故人を丁重に供養する。

この両墓制の起源について、根本には祖霊信仰があると考えられている。死して肉体を捨てた祖先の魂が、仏や神となって天から子孫を見守ってくれるという信仰だ。

そこに、日本特有の「ケガレ思想」が混じる。古代の人々は「死」を穢れとして怖れていたから、なるべく「死」を遠ざけるために埋め墓と参り墓を隔てた、という見方だ。

つまり、両墓の間にあえて、この世とあの世の境界線を引いたのだ。

あるいは、単純に実害を避けるため、という説もある。昔は土葬が主だったため、遺体の腐乱に伴う悪臭や伝染病の流行なども多かった。それを防ぐために、埋葬地はなるべく人里離れた山奥や風下の場所にしたのではないかという考え方だ。

いずれにせよ、火葬が主流となった明治以降は徐々に廃れた文化で、令和に入ってからもこの風習を維持している地域は、数えるほどしか残っていないそうだ。


三田さんは、奈良県の大和高原地方の某町出身だ。この三田さんの故郷でも、かつては両墓制が採用されていたという。

「埋め墓はオオハカ言うてな、参り墓は、単にハカと呼んどる家が多かったかな」

先日、還暦を迎えたという三田さんは、よく通る野太い声で快活に語る。

「でもなぁ、ありゃあそんなにええ制度ちゃうよ。俺、昔、エライ目に遭うてん」

それはいまから半世紀近くも前。三田さんが中学生だった頃の話だ。

「いまでこそすっかり過疎化した我が故郷も、当時はまだそこそこ人がおってな。小学校も中学校も町に一つずつあったんやで」

友人たちと野を駆け、丘を登り、川を泳ぎ、誰が一番危険なことをできるか競うなど、アクティブな毎日を過ごしていたそうだ。

ある日、三田さんは一番の親友であるB君から「肝だめし」に誘われた。

「埋め墓を掘り返して、死体を見に行こうって言われたんや。土葬されて、腐った死体がどないなっとるか見たくないかと言われてやな。んなもん、見たないよ、ほんまは」

不謹慎で罰当たりなことが、やたら勇敢なことに思えていた年頃だった。そうしたことを恐れれば、仲間から嘲笑の的になった。

「四十年くらい前、映画があったやろ。スタンドバイミー。悪ガキが死体を探しに行くっちゅうアメリカの映画。まんまあれやがな。アメリカでも日本でも、悪ガキの考えることなんざ一緒や。俺ら、スタンドバイミーを先取りしてたんや」

面白い、言ったろうやないか、と三田さんは強がり、B君と具体的な計画を練った。

町内には埋め墓として利用されている場所がいくつかあった。そのうちの一つが、町の外れにある某山の中腹だった。

「そこが、B君の親戚筋が合同で使っとるオオハカやと聞いてな。B君は行ったことないらしいねんけどな。ほな、そこにしようか言うて」

夏休みが始まったばかりの七月の暑い夜。家を抜け出した三田少年とB君は、その山中のオオハカへと向かった。道中、二人とも饒舌だったという。

「怖さをまぎらすためやろな。どうでもええことばかりしゃべっとったわ」

やがて、現場に辿り着いた。あたりに街灯などは一切ない。二人が持ってきた懐中電灯の弱い明かりだけが頼りだった。

「山道の脇の、少し開けたところに、長っ細い墓石が立っててやな、それが木柵で囲ってあってやな、そんなんが少しずつ距離を置いて、七、八本、ズラッと並んどんねん」

それらが、懐中電灯の光の輪にぼんやりと浮かぶ光景は、とてつもなく不気味だったと三田さんは振り返る。

とはいえ、ここまで来たら逃げ帰るわけにはいかない。三田さんは、懐中電灯をB君に預けると、家から持ち出したスコップで、一番手前の墓石の下を掘った。

「上手く言えへんねんけど、土がめちゃくちゃ柔らかいねん。ズブズブーッて、スコップがあっさり入っていきよんねん」

三田さんもB君も、緊張のせいか無言になっていた。

「沈黙が嫌で、B君に聞いたんや。ここで一番最近、埋葬があったんはいつ頃やって」

B君は、母親のおじにあたる人が三週間ほど前に土葬されているはずだと答えた。

「三週間ならまだ白骨化してへん、腐った死体とご対面や。俺が冗談でそう言うたらよ」

B君は顔を真っ青にし、ゴクリと唾を飲み込んだのだそうだ。

それからほんの数分後のことだった。

三田さんは、スコップですくい上げたやわらかな土の中に、赤黒い色をした「何か」が混ざっているのに気付いた。これは何だろうと思い、顔を近付けてみた。

「耳やった。腐ってベチョベチョになった、人間の耳」

三田さんは息を飲んで、自分の足元を見た。

そこには、右半身がグチャグチャにつぶれた人間の腐乱死体があった。

「俺、いつの間にか、死体の上に立って、死体をスコップで掘ってたんや」

三田さんは甲高い悲鳴を上げた。B君が驚いた様子で近寄ってくる。そして、三田さん同様、驚愕の表情を浮かべた。

「俺、死体をグチャグチャにしてもうた。震えながら、B君にそう言うたんや」

あたりには、ツンとする刺激臭が漂い始めた。それを嗅いだせいか、B君が嘔吐した。

「もう肝だめしどころやあらへん。あんなもん、まじまじと観察するの無理やで」

二人は死体から目を背け、掘った土を全速力でかぶせ、埋め戻したという。

「B君に、これは二人だけの秘密やぞ、言うてな。こんなん、自慢して言いふらしたら、絶対呪われると思うたんや」

三田さんは汗だくで家に帰ると、風呂にも入らず布団へ飛び込んだ。誰ともわからない死体を損壊してしまった後ろめたさで、体がまだ震えていた。手には、土とも腐乱死体ともつかないものを掘ってしまった気色悪い感触が、はっきりと残っていた。

結局、その日は明け方まで寝られなかったという。


翌朝。三田さんは自宅の電話のベルの音で起こされた。

「B君が、うちに電話してきよったんや」

こんな朝早くから迷惑ねぇ、と愚痴をこぼしながら、取り継いでくれた母親が受話器を三田さんに渡す。もしもしと言うなり、B君のあわてた声が耳に飛び込んできた。

「大変や、間違えてもうた。B君、そう言うたんや」

ゆうべのことに関する何かだろうと察しつつ、三田さんはB君に問い返した。

「間違えたって、何をやって。そしたら、あいつ……」

あそこ、埋め墓ちゃうかった、あそこは参り墓やった。

叫ぶように、そう言ったのだという。

三田さんは混乱と動揺で胸がバクバクするのを感じた。

それでは、ゆうべ見たあの右半身の崩れた死体は何だったというのか。

「ちょっと待てと、そんなわけないやろと、何度もB君に確認したんやけど……」

B君によれば、どうしても気になって親に確認したところ、一族の埋め墓はもっと山奥にあり、ゆうべ訪れた場所は、参り墓だと断言されたのだという。

「それで、俺、考えるのやめたんや。あれは幻覚やと自分を無理矢理、納得させたわ」

この一件以来、三田さんとB君は何となく気まずくなり、疎遠になってしまった。

高校を卒業すると三田さんは東京に就職が決まり、故郷を出た。

それ以降、里帰りをした際にも、B君とは一度も会っていないという。

「でもな、つい先日、会うたんや、B君と。四十数年ぶりに。けどまぁ、そん時はB君、もう物言わんようになっとったけどな」

B君は病気のため亡くなり、三田さんは葬儀に参列するため帰郷したのだという。

B君の墓は、彼の一族の「参り墓」だった地に、ごく小さなものが立てられた。

「そう。あの山の、あの場所や。因果なもんやで」

時代はすでに変わっている。三田さんの故郷に両墓制の風習はもうない。

B君の遺体は火葬され、かつての参り墓に骨壷が埋葬された。

「それでもな、墓の前で手を合わせながら、俺、思うたんや。何週間かして、この真下を掘ったら、B君の〝腐った死体〟が出てくるんちゃうかなと」

三田さんは冗談とも本気ともつかない口調でそう言った。

【参考文献】

「47都道府県・伝統行事百科」　著：神崎 宣武／丸善出版
「日本の祭り解剖図鑑」　著：久保田 裕道／エクスナレッジ
「人生のハレとケ」　著：大島 建彦／三弥井書店
「日本人の霊魂観　厄除け」　著：佐々木 勝／名著出版
「日本の葬儀と墓　最後の人生行事」　著：宮本 常一／八坂書房
「霊山と日本人」　著：宮家 準／講談社学術文庫
「お墓の誕生―死者祭祀の民俗雑誌―」　著：岩田 重則／岩波新書
「神の民族誌」　著：宮田 登／岩波新書
「柳田国男の民俗学」　著：谷川 健一／岩波新書

あとがき

本書は、私「月の砂漠」の初めての単著となります。

まずは、この本を手に取ってお読み頂いたすべての皆様に、厚く御礼申し上げます。

また、担当編集者のO氏を筆頭に、本書が世に出るまでの工程に携わってくれたすべての関係諸氏に、この場をお借りして心より感謝申し上げます。

今回、機会を得て「祭りと信仰」をテーマに取材・執筆させて頂きました。

とある海外の大学のアンケート調査によると、日本人は世界で二番目に無神論者の割合が多いそうです（ちなみに一位は中国）。その一方で、正月には数千万人が初詣へ出掛け、地域の祭りで神輿を担ぎ、推しのアイドルの優しい握手を「神対応」と称え、トイレには神様がいるんやでという歌を違和感なしに口ずさむのもまた、同じ日本人です。

この矛盾こそが、祭りと信仰に怪異が入り込む原因なのだろうと考えます。

私たちは無意識のうちに神仏を心に宿し、その祟りを本能的に恐れています。本書でも触れたように、盆踊りで櫓《やぐら》の周囲を回ることさえ一種の祈りであり贖罪《しょくざい》なのです。

その延長線上に怪異が見え隠れするのは、ある意味、当然のことなのかも知れません。

なお、本書はそのテーマ性にも鑑《かんが》みて、民俗学的・郷土史的なエッセンスを多く含んでいます。そうした点を、怪談ファンの皆様方のみならず、普段は怪談をほとんど読まないという方々にもお楽しみ頂けていれば、筆者としてこれに勝る喜びはありません。

さて、あとがきの締め括りに、少しだけ私の自己紹介もさせてください。

私は人気怪談師でも、怪談インフルエンサーでもなく、血圧と尿酸値がちょっぴり高めで恐妻家の、しがない物書きです。

ご縁に恵まれて、怪談作家の端くれとしても細々と活動していますが、実は自分自身で怪異体験をしたことは、これまでにたったの三度しかありません。

一度目は、小学四年生の林間学校。真夜中、宿舎の廊下で、身長三メートルほどの首のない男が歩いているのを見たこと。

二度目は、中学三年生のスキー教室。ゲレンデからニョキッと生えた白い手にスキー板を掴まれ、信じられないほどの猛スピードで引っぱられたこと。

そして三度目は……、ああ、残念ながら紙幅が尽きてしまったようです。

この続きは、またいずれお目にかかった際にお話させて頂ければ幸いです。

月の砂漠

★読者アンケートのお願い

応募フォームはこちら

本書のご感想をお寄せください。アンケートをお寄せいただきました方から抽選で５名様に図書カードを差し上げます。

（締切：2025 年 4 月 30 日まで）

祭りと信仰の怖い話

2025 年 4 月 7 日　初版第一刷発行

著者……………………………………………………………………………月の砂漠

カバーデザイン…………………………………………………橋元浩明（sowhat.Inc）

発行所……………………………………………………………株式会社　竹書房

〒 102-0075　東京都千代田区三番町 8-1　三番町東急ビル 6F

email: info@takeshobo.co.jp

https://www.takeshobo.co.jp

印刷・製本………………………………………………………中央精版印刷株式会社
